# LA
# PROVIDENCE

## ou
## ÉLÉVATIONS POÉTIQUES VERS DIEU

PAR LA CONTEMPLATION DE SES ŒUVRES EN FAVEUR DE L'HOMME

### POÈME EN QUATRE CHANTS

Suivi d'Études morales intitulées

### HARMONIES PROVIDENTIELLES

PAR LE DOCTEUR

### J. B. VIDAILHET

## PARIS
### LOUIS VIVÈS, ÉDITEUR
23, RUE CASSETTE, 23

1858

# LA PROVIDENCE

POÉME

## EN QUATRE CHANTS.

# LA PROVIDENCE

OU

## ÉLÉVATIONS POÉTIQUES VERS DIEU

PAR

LA CONTEMPLATION DE SES ŒUVRES EN FAVEUR DE L'HOMME,

POÈME EN QUATRE CHANTS,

PAR LE DOCTEUR J.-B. VIDAILLET.

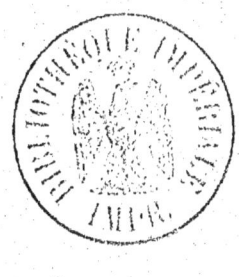 

## PARIS,

Louis VIVÈS, éditeur, 23, rue Cassette, 23.

1858.

# AVERTISSEMENT.

———•◦•———

Mon siècle me dira : Pourquoi le choix d'un tel sujet ? Pourquoi venir nous prêcher en vers la Providence? De no~ 'ours, qui la nie? qui s'avise d'en douter? Qu        ne n'en est même pénétré quand, rentré au .edans de soi, et faisant taire ses passions , il se trouve seul en face de sa pensée

éblouie de l'évidence des faits qui l'environnent ?
— Cela est vrai sans doute, et c'est avec joie que
j'admets cette heureuse disposition des esprits. Nous
ne vivons pas, je le reconnais, dans un temps
d'impiété. L'athéisme n'est plus en honneur; on ne
raille plus les saines doctrines morales. Notre époque
obéit généralement aux lois du devoir. Il règne dans
les mœurs publiques et dans la conduite privée
autant et peut-être même plus d'intégrité réelle qu'au
sein de l'ancienne société. Je salue avec bonheur ce
progrès dans la pratique de la vie, résultat évident
de la diffusion croissante de l'instruction et de la
propagation de la morale par celle des lumières. En
ce qui concerne l'hostilité aux croyances, ce n'est
plus le temps des ardeurs de la passion; la fougue
est tombée, la fièvre est éteinte; à l'ancien état de
spasmodique surexcitation a succédé la langueur;
l'apyrexie est complète; ainsi qu'on l'a fréquemment

observé, avant moi, nous sommes en pleine indifférence. On n'attaque plus Dieu, on le passe sous
silence, et voilà tout; on ne blasphème plus la
Providence, on ne la nie même plus, on l'oublie.

Quelle cause assigner à une telle situation? Nous
la trouvons, cette cause, surtout dans la manière
de vivre de la génération présente. L'homme,
aujourd'hui, n'est plus à l'état d'existence privée
et individuelle. De nos jours on ne vit plus, comme
autrefois, uniquement pour soi et chez soi, ou du
moins exclusivement au sein de sa famille. L'existence tend à devenir tout à fait sociale; elle se
projette et se perd en quelque sorte au dehors dans la
dissipation des plaisirs publics, et dans les diversions
infinies de l'intérêt matériel ou politique. Laissons
de côté la question politique, et n'envisageons que
la partie matérielle des tendances contemporaines.
Quel spectacle s'offre à nos regards? on aurait beau

se le dissimuler, en l'absence de l'épicuréisme spé-
culatif, la société actuelle nage, pour ainsi dire,
dans les eaux de l'épicuréisme pratique. Pour
quelques rares Sybarites théoriciens qui existaient
autrefois parmi nous, les Sybarites en action y
pullulent. Le rapide mouvement de civilisation qui
nous emporte a mis les agents matériels de corruption
et de mollesse à la portée du plus grand nombre. Le
progrès inouï de la richesse et des arts de luxe
a vulgarisé les jouissances énervantes, au sein
desquelles se précipitent les âmes effrénées. De
là généralement le peu d'attention religieuse, le
peu de réflexion sur nos fins morales, sur Dieu...,
et sur sa Providence.

Chercher à réveiller les hommes de ce sommeil,
ou, mieux, de cette léthargie de l'âme, telle est
la tâche que je me suis prescrite, ou plutôt, tran-
chons le mot, telle est la tâche qui m'a été imposée.

Une voix sainte, en effet, une voix que j'ai dû croire inspirée par le sentiment divin des besoins de l'époque, en a fait une loi à mon indignité. Et certes, il ne fallait rien moins qu'une autorité aussi imposante pour m'inspirer le courage d'une telle entreprise. Eh ! quoi, oser, moi si faible et si obscur ouvrier du style et de la pensée, oser, dis-je, essayer seulement cette œuvre formidable !... Moi, oser comme David chanter à côté de l'arche ! Oser traiter en vers de Dieu, et faire de la Providence l'objet d'un poème, avec l'espoir sinon la prétention d'être lu par le siècle le plus tiède qui fut jamais en poésie comme en religion !.... Quel excès de témérité ! Je me disais, d'ailleurs, pourquoi une pareille matière est-elle encore intacte ? Se peut-il qu'un tel sujet n'ait séduit jusqu'à ce jour aucun grand génie ? Serait-ce qu'à force d'être vrai un semblable thème en serait venu à paraître trivial ?

Ce côté si modeste et si populaire de la question en aurait-il éloigné le penseur? ou bien, n'est-ce pas le contraire? Et, loin de l'humilier, ce simple mais sublime sujet n'a-t-il pas de tout temps ébloui, effrayé le poète?

Quoiqu'il en soit, me disais-je encore, célébrer la Providence est une tâche auguste qui devrait être dévolue de préférence à une intelligence austère, à un caractère grave, peut-être même à une âme vouée par état au culte des choses divines, à la méditation quotidienne des rapports sacrés du ciel avec la terre, et surtout à l'un de ces ministres de la Providence, au sein desquels s'est ouverte la bouche qui en a provoqué pour moi l'obligation impérieusement consciencieuse... Telles étaient mes pensées... et, pourtant, il m'a fallu leur imposer silence..., et obéir.

Mais, encore une fois, quelle œuvre immense je

voyais se dresser devant moi ! J'étais à mes propres yeux le pâtre du désert à qui l'on ordonne de construire, à lui seul, une pyramide semblable à celle qu'il mesure à peine du regard. Et voilà, néanmoins, que j'ai pris sur moi de m'attaquer au colosse. Maçon isolé et inhabile, j'ai entrepris d'élever dans les airs un édifice qui eut fait reculer d'épouvante le plus puissant et le plus téméraire architecte. Semeur incapable et profane, j'ai osé jeter le germe dans le sillon... A Dieu à consolider le temple, à Dieu à faire lever la moisson ! A moi de m'humilier et de trembler jusqu'à mon dernier jour, pour avoir eu la hardiesse d'essayer même seulement de servir de vil instrument à la miséricordieuse Toute-Puissance !

Mais trève à des considérations toutes personnelles. Parlons plus directement de mon sujet, et de la manière dont j'ai cru devoir l'envisager. Je l'ai

considéré moins *à priori* et en lui-même que sous sa
face pittoresque et descriptive. Qu'on ne s'effraie pas
de cette dernière qualification. Si la poésie, revêtue
d'un tel caractère, a paru, longtemps, fatiguer le
public, c'est moins la faute du genre que celle des
sujets auxquels il était appliqué. Jusqu'à présent,
on avait décrit seulement pour décrire. On n'avait
jamais consacré cette forme de style au développement
des grandes vérités morales ou intellectuelles. Pour
remonter jusqu'aux anciens, que fit, en particulier,
le poète Lucrèce? Peut-on dire qu'il ait mis les
couleurs de sa riche et brillante palette au service
des grands principes qui doivent régir l'humanité?
Et chez les modernes, Thompson et saint Lambert,
enchaînés qu'ils étaient par la nature inflexible d'un
sujet purement matériel, ont-ils pu, malgré tous leurs
louables efforts, célébrer les grandes vérités morales
autrement que par de légères et fugitives aspirations?

Delille, ce poëte éminent, que j'admire plus qu'on
ne le fait généralement aujourd'hui, et qui, selon
moi, ne saurait que grandir dans la postérité, eh!
bien, Delille lui-même ne s'est-il pas trop exclusivement attaché à la description proprement dite ?
A l'exception de son magnifique dithyrambe sur
l'*Immortalité de l'âme*, peut-on citer une de ses
œuvres originales qui soit vouée à la glorification de
l'un de ces grands principes qui importent essentiellement aux âmes, et qui font vivre ou progresser
le genre humain? Dans les vrais intérêts de l'homme,
qu'est-ce que chanter les *Saisons*, les *Jardins* et les
*Champs*, ou l'*Imagination elle-même*, quoique à
cette occasion on touche un mot en passant de
l'ineffable auteur de toutes ces choses ? Faut-il le
dire, Racine le fils est le seul poëte ou, si l'on
veut, le seul versificateur de renom qui semble avoir
eu le grave instinct d'une plus haute et plus sainte

tâche. Chose étrange ! à l'exception du fils de
l'immortel auteur d'Athalie, nul poète n'a songé
à célébrer, dans un chant de longue haleine, l'Être
sublime de qui émanent tous les merveilleux objets
de la poésie. Rousseau lui-même ne peut à cet
égard se prévaloir d'aucune spontanéité ; son génie
n'a fait que transformer en odes françaises les
chants inspirés à la lyre hébraïque. On a jusqu'ici
décrit, préconisé, glorifié l'*ouvrage,* sans jamais ou
presque jamais s'aviser de célébrer l'*auteur.*

Si notre poème est surtout descriptif, c'est qu'il
ne pouvait ne pas l'être. D'après la nature même des
choses, il devait impérieusement revêtir ce caractère.
Pour démontrer poétiquement la Providence, pou-
vais-je faire autre chose que peindre ou du moins
esquisser en traits rapides la série de merveilles dont
elle a semé l'univers? Loin de moi l'idée d'avoir
voulu réaliser une œuvre strictement didactique,

et prouver par thèse rimée l'existence d'un Dieu créateur, conservateur et bienfaiteur perpétuel de l'humanité. J'ai dû soigneusement éviter de procéder par la méthode rigoureuse de l'argumentation ordinaire. Ma tâche devait être remplie bien autrement qu'à l'aide du syllogisme même poétiquement formulé, mon intention étant moins de parler au jugement que de frapper l'imagination et d'entraîner le cœur. Non que j'aie laissé de côté toute action à exercer sur l'intelligence ; mais j'ai cru que le meilleur moyen de captiver celle-ci, c'était de s'emparer de l'âme. J'ai voulu, en un mot, faire un poème et non écrire un traité. La poésie n'a pas pour mission de monter en chaire et de démontrer ou de prêcher le dogme. Aux écrivains spéciaux, aux philosophes, et surtout aux théologiens appartient le soin de prouver la Providence par la méthode vulgairement reçue. A eux d'établir sur des bases solides, et de couler, pour

3

ainsi dire, en bronze, sur un ferme piédestal, les
grandes figures de la sagesse et de la bonté divines.
Ces attributs sublimes, ils doivent, eux, les faire
rigoureusement et inévitablement découler de l'idée
même de l'Être souverainement parfait. Ils doivent
les déduire avec une puissance irrésistible de l'ordre
immuable qui règne dans le monde, et des lois
infaillibles tendant visiblement au bien de ses
diverses parties comme de l'ensemble. C'est surtout
à ces esprits doctrinaux qu'il appartient de réfuter
les misérables objections de quelques aveugles-nés
ou de quelques méchants en délire qui oseraient
s'insurger encore contre un dogme aussi clair aux
yeux de la raison que doux et consolant pour le
cœur de l'homme. Ils y parviendront sans peine, et
sortiront aisément vainqueurs du champ-clos. Qu'op-
posent, en effet, d'ignobles et obscurs adversaires
à une vérité aussi éclatante que le soleil? L'imper-

fection partielle des rouages de cette immense
machine qu'on appelle l'*univers*, l'apparence de quelques défectuosités qu'ils croient y remarquer, soit au
physique, soit au moral? Mais savez-vous, peut-on
leur répondre une millionnième fois, savez-vous si
les désordres de détail qui vous choquent et que
vous blâmez ne rentrent pas dans l'ordre d'un plan
général qui vous est inconnu, et si ces notes, pour
vous si discordantes, ne vont pas se perdre et se
fondre dans le mystérieux concert d'une harmonie
ultérieure et définitive, dont l'Artiste suprême s'est
réservé le secret? Votre science ne doit-elle pas
s'abaisser respectueusement devant la science de
Dieu? Ne voyez-vous pas que ce que vous appelez un
mal, et qui semble l'être en effet, devient souvent
pour la nature ou pour vous-même l'occasion, le
moyen, l'indispensable condition d'un bien? Prenez-y
garde, peut-on leur dire encore, en vous obsti-

nant à nier la Providence, vous êtes bien près de
nier... Dieu ; car il ne saurait subsister un instant
même de raison, dépouillé de ses principaux attributs
qui constituent essentiellement sa Providence. Croire
à l'indifférence d'un pareil Auteur pour ses œuvres,
ce n'est pas seulement ressusciter le vieux système
d'Épicure, c'est se préparer et convier les autres à
la monstrueuse profession d'athée ; ce serait l'inévitable corollaire de votre doctrine. La raison publique est aujourd'hui trop avancée, et la vôtre
elle-même est trop bonne métaphysicienne pour que
sur une mer si houleuse il vous soit permis, trompant
le naufrage, de relâcher au port décrépit et tout
démantelé des Manichéens. Non, vous ne sauriez
plus, vous le sentez, invoquer sérieusement l'existence de deux principes, celui du *bien* et celui du
*mal*. Il vous répugnerait sans doute autant de
voir échouer votre vaisseau contre l'écueil du fata-

lisme qu'à celui de cette monstrueuse dualité. —
Mais pourquoi le mal, vous écrierez-vous ? —
Pourquoi?... C'est là précisément ce qu'on ignore;
c'est là l'immense énigme devant laquelle resteront
éternellement vaines ici-bas toutes les explications
logiques de l'esprit humain; c'est un formidable défi
jeté à notre raison par la raison suprême. Mais de
quel droit repousserions-nous ce mystère? Le mystère abonde sous nos yeux dans l'ordre physique,
faut-il si fort nous étonner de le voir se dresser
aussi devant nous dans l'ordre moral ? C'est un
gouffre réel et visiblement béant sous nos pieds;
mais, parce que mon œil ne saurait en sonder la
profondeur, dois-je, nouvel Empédocle, me préci-
piter dans l'abîme ? J'aime bien mieux baisser respectueusement la tête avec le genre humain tout
entier; oui, j'aime mieux courber le front et fléchir
le genou devant le Dieu *auteur*, *conservateur* et

*gouverneur* de l'univers ; et je dis : Ces attributs augustes sont au ciel comme noblesse en terre; ils obligent, ils se relient irrésistiblement, ils sont indissolublement, et, en quelque sorte, inextrica- blement entrelacés l'un dans l'autre; il est un Dieu... donc il est une Providence!...

Cette admission de l'existence trop réelle du mal, que je viens de formuler, doit évidemment m'épar- gner, de la part des lecteurs de mon poème, une prévention mal fondée, qui pourrait se traduire en un reproche injuste. Bien que j'aie surtout envisagé le monde sous le point de vue de la bienfaisance divine, je n'ai nullement entendu impliquer l'opinion que tout est bien ici-bas, au détriment de l'évidence, et de la croyance à la déchéance humaine. Je me suis borné à signaler les traits d'amour et de bonté dont la terre est encore l'objet de la part du Ciel. Il est vrai que je me suis

efforcé de mettre dans tout leur jour les bienfaits
divins qui resplendissent à nos yeux dans les
conditions actuelles de l'univers. Mais, loin d'être
autorisé à en tirer une conclusion défavorable au'
dogme de la chute de l'homme, on pourra se dire
seulement, après m'avoir lu : Si dans notre état présent il nous reste encore tant de sujets de satisfaction,
tant de sources même de joie véritable, de quel
ineffable bonheur n'eussions-nous pas joui dans un
ordre de choses infiniment supérieur! Je n'ai donc
nullement atteint la doctrine biblique et chrétienne
à l'endroit de notre décadence. Encore une fois, le
mal existe, cela est trop vrai; mais, outre que
notre imagination déréglée en exagère fréquemment
la gravité, on peut dire qu'il s'atténue sensiblement
par la résignation que Dieu nous inspire, et qu'il
nous est même souvent donné de l'éviter et de le
prévenir... par la vertu. Que de fois, en effet, le

mal semble, en quelque sorte, nous avertir de son approche, comme le serpent à sonnette, qu'on pourrait prendre pour son symbole matériel. Or, qui ne voit que c'est la main de la Providence qui s'est plu à attacher le grelot? Ainsi se dissipent les difficultés soulevées contre elle à l'occasion de l'existence du mal en ce monde. '

Loin, bien loin cette autre objection tirée de la grandeur de l'Être suprême, qui lui interdirait le soin presque humiliant des détails de son œuvre, et en particulier de l'homme, cet être en apparence si petit. Pourquoi Dieu, murmure-t-on parfois à nos oreilles, pourquoi Dieu daignerait-il s'occuper de nous, créatures d'un jour, qu'un souffle renverse et jette en pâture à la mort? Qui sommes-nous, pour attirer l'attention du Monarque éternel des siècles, lui qui plaça son trône par delà tous les Cieux, et qui règne si splendidement dans les solitudes lointaines de sa gloire? En formulant la pompe d'un scepticisme si retentissant, on n'oublie qu'une chose... c'est que Dieu est infini, qu'il l'est en amour comme il l'est en pouvoir et en intelligence, et qu'il doit essentiellement veiller au sort de toutes ses œuvres, quelles qu'elles soient. Il peut d'ailleurs le faire sans déroger en aucune sorte, puisqu'il daigna les créer. Et puis l'homme, considéré en lui-même, est-il donc un objet aussi infime qu'on semblerait se plaire à le supposer? Et s'il est si faible et si peu important au physique, les splendeurs de son âme n'éclipsent-elles pas l'éclat de ces incalculables légions d'inertes soleils qui scintillent sans le savoir au sein de l'immense empyrée?

Telles sont les réponses faciles, et vulgairement connues, à faire, au besoin, par les moralistes et les docteurs, aux ennemis de la vérité sublime que je viens proclamer à mon tour et à ma manière. Pour

ma part, je n'ai pas cru devoir m'imposer la tâche
des réfutations proprement dites; je n'y réponds
guère qu'en passant, et en particulier dans les notes
dont mon ouvrage s'accompagne. Outre que ce sujet
eût été fort peu poétique, la meilleure réfutation des
difficultés élevées ou à élever à l'encontre du dogme
saint de la Providence, résulte implicitement, à
mes yeux, des preuves positives destinées à composer le corps et l'essence du poëme lui-même.

Dans la nombreuse série de ces preuves, les
causes finales, je l'avoue, jouent un rôle très-
considérable. C'est, au surplus, avec empressement que je saisis cette occasion de déclarer que ce
mode de démonstration ne saurait, malgré quelques attaques contemporaines, tomber en discrédit
réel aux yeux des esprits sérieux. A l'exemple surtout de Cicéron, de Fénelon, de Bernardin de
Saint-Pierre et de Chateaubriand, je regarde comme

un excellent moyen de certitude tout argument
légitimement déduit de la considération saine et
réfléchie des causes finales. Qu'on ne me soupçonne
pas de vouloir détrôner la preuve métaphysique;
j'en fais tout le cas dont elle est digne : c'est dire
que ce cas est immense. Mais qui pourrait, qui
oserait nier la puissance des déductions immédiates
tirées de l'ordre matériel? Mon œuvre, je le con-
fesse, repose à peu près tout entière sur ce genre
de démonstration. Pourquoi persisterait-on à vouloir
restreindre l'autorité des causes finales, au profit des
causes secondes? Qu'importe une distinction purement logomachique? Entendons-nous une fois pour
toutes : que Dieu agisse médiatement ou immédiatement, qu'implique la différence? — N'est-ce pas
toujours Dieu qui agit?

Ainsi qu'il sera facile de s'en apercevoir, j'ai
entendu traiter de la Providence principalement

sous le rapport humain. J'ai néanmoins envisagé mon sujet sous un point de vue assez large et en quelque sorte général. Je m'étais d'abord proposé de le considérer plus en détail, et de suivre, pour ainsi dire, pas à pas, la trace d'un Dieu visiblement protecteur jusque dans les moindres circonstances de notre vie; mais force a été de renoncer à cette idée, dont la réalisation poétique m'a paru impossible. Ce n'est donc que dans quelques notes et dans un appendice en prose que j'ai pu signaler ces relations intimes, et en quelque sorte personnelles, de la Providence avec le chef-d'œuvre de la création terrestre, et la divine influence se montrant réelle et palpable dans toutes les phases de notre sort. Au reste, que chacun rentre en lui-même, qu'il rappelle à sa pensée les diverses époques, et surtout les incidents les plus marquants de sa vie : partout il verra le doigt de

Dieu visiblement empreint ; il se convaincra aisément que, dans une foule d'occasions, il a été l'objet
d'une attention spéciale et même d'une tendre sol-
licitude de la part du Ciel. Rien de plus frappant
que la vérité, bien sentie, de cette secrète assistance d'un pouvoir surhumain, toujours invisible et
toujours présent à nos côtés pour nous préserver
du péril et du mal. Les païens eux-mêmes n'en
doutaient pas. C'est ce qu'ils avaient peint sous
le nom et l'image d'un génie particulier, auquel
crut surtout le plus grand de leurs philosophes,
Socrate. Ne serait-ce pas par suite de quelque
interpolation dans le texte des œuvres de Cicéron,
que nous y lisons que les Dieux, tout en dirigeant
l'ensemble de la création, négligent le soin des
détails, et l'homme individuellement considéré? Nul
écrivain déiste ne proclame, en effet, plus ferme-
ment et plus éloquemment la Providence que l'in-

comparable auteur de *la Nature des Dieux*; nul n'a mieux et plus constamment formulé à cet égard l'opinion de tous les législateurs, des vrais sages, des philosophes et des écoles les plus célèbres de l'antiquité. Partout ailleurs, à l'exemple de Pythagore, et de Platon en particulier, l'orateur romain professe ouvertement le dogme d'un Dieu, modérateur suprême des choses humaines. « La « première vérité dont il importe, a-t-il dit, que « les peuples soient bien convaincus, c'est que les « Dieux sont les maîtres et les modérateurs de « toutes choses, que tout est dirigé par eux, qu'ils « voient les sentiments et les actions des hommes, « et qu'ils discernent les hommes de bien d'avec « les méchants (1). »

C'est sans doute l'aspect et le sentiment de cette

---

(1) De *Leg.*, lib. 2., n. 7.

protection si attentive à la fois et si multiple de la puissance suprême, qui donna l'idée erronée, mais du moins concevable, du polythéisme. De là, sans doute, la pluralité d'abord, et peu à peu l'immense multitude des divinités antiques. Leurs adorateurs avaient oublié que Dieu, étant sans bornes par essence, son action pouvait être divisée sans limite et sans détriment pour son unité. Dans leur aveuglement, ils morcelèrent, en quelque sorte, l'Infini par le besoin de le rendre plus sensible, et d'en faire l'objet d'une croyance plus accessible au grand nombre, et pour ainsi dire plus palpable.

Ainsi que je l'ai déjà fait observer, je n'ai entendu traiter que les principaux points de mon sujet. J'aurais été plus explicite si j'eusse écrit en prose. Je n'ai fait, au reste, qu'esquisser un tableau qui appellerait le pinceau d'un grand maître; je n'ai, pour ainsi dire, construit que le portique

d'un temple à élever, un jour, par la main d'un
plus puissant et plus digne architecte. Mon insuffi-
sance m'est connue, et je sens mieux que personne
que je n'ai fait qu'ouvrir la voie pour conduire un
plus fort génie au glorieux accomplissement d'une
si haute tâche. Elle sera sans doute tôt ou tard dévolue à quelque serviteur privilégié de cette Providence auguste, dont je n'ai pu que bégayer, en
quelque sorte, les bontés et les grandeurs, à l'un
de ses pieux et graves ministres, par exemple,
qui, en imitant chaque jour sa bienfaisance ici-bas,
sera bien autrement digne que moi d'en publier la
gloire. C'est là, au surplus, une matière jusqu'à
présent tout-à-fait étrangère à la poésie, et même
presque à la prose. Nous ne possédons là-dessus
que des sermons ou quelques traités tant soit peu
sérieux. Trois auteurs seulement semblent avoir
écrit *ex professo* sur la Providence, et je n'ai pu en

lire aucun. C'est Salvien, le prêtre le plus élo-
quent du cinquième siècle, dont le livre contient,
dit-on, des réflexions solides et des idées vraies et
touchantes : on cite aussi le théologien Claude
Seyssel (de Savoie) et l'anglais Guillaume Sherlock,
dont le premier écrivait au seizième, et le second
au dix-septième siècle. Le prétendu traité de Séné-
que est loin d'être un travail conçu et rédigé *in
extenso* et à fond sur la matière. Cet auteur ne
parle de la Providence que pour réfuter quelques
objections tirées des maux, plus ou moins réels ou
apparents, qui pèsent sur l'humanité. Il résout les
questions qu'il se pose au point de vue exclusif
d'un philosophe stoïcien, c'est-à-dire, en s'efforçant
de nier la douleur et le mal. Dans le traité de *la Nature des Dieux,* que j'ai déjà cité, Cicéron embrasse
implicitement ce sujet sous un coup d'œil beaucoup
plus large que celui de Sénèque, et ce n'est, encore

5

une fois, que par une contradiction flagrante avec
le sens général de son opinion, cent fois émise sur
la Divinité, que l'orateur philosophe dit ou qu'on
lui fait dire qu'elle ne s'occupe que des grandes
choses de l'univers, et qu'elle néglige les petites.
A ce compte, ce grand et noble penseur eût été
moins platonicien que le stoïcien Sénèque lui-même,
qui, dans ses *Épîtres morales,* affirme hautement
le contraire, de concert avec le sublime chef de
l'école académique, et cela répugne irrésistiblement
à supposer. On ne saurait, d'ailleurs, considérer le
magnifique livre de *la Nature des Dieux* comme un
traité, proprement dit, sur la Providence, bien que
son auteur fût à coup sûr, et par anticipation, vir-
tuellement de l'avis de saint Augustin, sur son
action suprême à l'égard de tout ce qu'elle a créé,
sans exception aucune. « *Nunquam major quàm in
minimis,* » s'écrie l'évêque d'Hippone en parlant

de Dieu. On pourrait traduire l'esprit, sinon la lettre de ce texte, en disant que le Créateur ne se montre même jamais père plus tendre que pour les plus humbles de ses créatures. « *Suscitans à terrà inopem, et de stercore erigens pauperem,* » s'écrie, à son tour, David. « Oui, sa main puissante se plaît à relever le pauvre prosterné dans la poussière. » Si nous avons tant insisté sur la fausse pensée involontairement émise par Cicéron, ou produite par ses copistes, c'est, on le conçoit, à cause de l'extrême danger de l'opinion d'un si grand génie, par les conséquences à en tirer pour la conduite morale des hommes.

Dans l'énumération des écrivains qui ont parlé un peu au long du sujet qui nous occupe, je ne dois pas omettre le nom de M. Bersot, qui en a fait assez récemment le sujet d'une thèse universitaire que l'on peut considérer, à bon droit, comme un livre

peu étendu, il est vrai, mais aussi solide que
profond et substantiel. L'auteur envisage le sujet
sous un point de vue métaphysique. Ce travail n'a
donc pu non plus servir mon dessein. Qu'on veuille
bien, d'ailleurs, ne pas l'oublier, j'ai contemplé,
quant à moi, la Providence principalement dans ses
rapports avec l'homme. Je me suis dit : C'est pour
l'homme que j'écris ; c'est donc surtout de ses intérêts et de ses intérêts les plus personnels que je dois
l'entretenir ; c'est pour lui que je dois lui prouver
que Dieu s'est occupé et s'occupe incessamment de
ses œuvres ! J'ai dû, par conséquent, envisager la
création au point de vue de l'homme, plutôt qu'en
elle-même et pour elle-même. Et qu'il me soit permis d'émettre encore ici une remarque essentielle :
dans mon apparent optimisme en faveur de l'humanité, je n'entends pas dire que le monde soit fait *pour*
*elle seule ;* je me borne à affirmer qu'il a été fait *pour*

*elle.* Tout, en effet, nous y est utile. Qu'on veuille
bien ne pas se méprendre à cet égard, et ne pas
m'infliger le ridicule du rôle que Montaigne fait
jouer à la vaniteuse stupidité de son oison. En
s'associant à ma pensée, implicitement restrictive,
le lecteur ne saurait craindre, pas plus que moi,
d'imiter le lourd et égoïste discoureur de basse-cour
mis en scène par l'ironie du philosophe dans ses
immortels mais trop sceptiques *Essais.* Ma manière
de traiter la question est peut-être neuve. Personne, jusqu'ici, n'avait envisagé le monde sous
une face aussi exclusivement humanitaire. Je me
suis attaché à préconiser la Providence dans toutes
ses œuvres ; et, malgré la largeur de ce cadre, j'ai
toujours pu placer l'homme au second plan dans le
tableau : l'obligé se trouve toujours vis-à-vis du
bienfaiteur. Et pourtant, je parcours le cercle entier
des êtres créés. J'ai suivi, du reste, leur ordre

génésique d'après les diverses phases de la création,
indiquées par Moïse. Je commence par la contemplation du ciel, et c'est l'objet naturel du premier
chant. Descendant ensuite de ces hauteurs sur la
terre, je considère, dans le second chant, notre
planète en elle-même sous le point de vue le plus
complet, c'est-à-dire sous le rapport de l'air qui
l'environne, de sa surface extérieure et nue (montagnes, plaines et vallées); puis je l'examine dans
son intérieur, et enfin dans les eaux qui la baignent,
c'est-à-dire dans ses fontaines, dans ses lacs, dans
ses fleuves et dans ses mers. Je consacre le troisième chant à célébrer les bienfaits que Dieu a
répandus, en vue de l'homme, dans les plantes et
dans les animaux. Je finis par arriver à l'homme
lui-même, et je le chante eu égard aux manifesta-
tions d'amour dont la bonté divine a comblé personnellement ce roi du monde, ce complément

animé et intelligent de la création. C'est là le sujet
du quatrième et dernier chant.

Ce plan est nouveau, j'ose le dire ; il m'appartient
en propre, et peut-être malheureusement ; car ce
n'est pas là une garantie, tant s'en faut, de son
excellence. Quoi qu'il en soit, s'il est reconnu mauvais ou plus ou moins défectueux, la critique n'aura
du moins à s'en prendre qu'à moi de son vice radical
ou de son imperfection, et je n'aurai à rejeter la
faute sur aucun complice : ni poète ni prosateur
n'a pu me servir de guide, encore moins de modèle.

Telles sont les quelques observations particulières
dont j'avais à faire précéder cet essai poétique. Il
ne m'en reste plus qu'une à formuler ; elle s'adresse
aux personnes qui pourraient être surprises de la
source même d'où ce travail émane. Aux esprits
curieux de connaître la cause qui, dans ma position
toute spéciale, a pu m'engager dans les sentiers

littéraires, je dirai que je ne détourne de ce côté
que quelques rares instants de mon existence. Le
court chemin que je me suis proposé de faire avec
mes lecteurs n'est qu'un faible et accidentel em-
branchement prompt à se relier à la voie sociale et
administrative où ma vie est engagée tout entière.
Les habitudes plus ou moins variées de délassement
aux labeurs de chaque jour, les diversions même
les plus permises et les plus généralement adoptées
aujourd'hui pour distraire le loisir humain, dans
l'étroite sphère locale où je suis appelé à me mouvoir, me trouvèrent toujours ou inhabile à leur
pratique ou sans tendance naturelle à m'y livrer....
J'aime passionnément les arts gracieux et si divers
qui sont providentiellement destinés à charmer ou
à consoler la vie. Mais la poésie surtout fut l'eni-
vrement de ma jeunesse; elle est restée le goût
favori de mon âge mûr. Que de gratitude je lui

dois! Pour une heure que je lui donne, elle me
verse l'oubli d'un jour de travail! Or, qui ne sait
le fruit que produit à la longue une heure d'application quotidienne à un résultat quelconque? Qui
ne sait que l'illustre Daguesseau put écrire quatre
gros volumes dans le seul intervalle des moments
vides qui précédaient ses repas? Ignore-t-on que
Racine le fils composa son poëme de *la Religion*
pendant les heures fugitives dérobées à des chiffres
officiels(1)? Nobles exemples, qui prouvent, d'ailleurs, la possibilité d'allier l'étude des sciences et
des arts, c'est-à-dire la culture du beau dans les
œuvres divines avec l'accomplissement des devoirs
publics même les plus austères. Combien ne pourrait-on pas en citer encore? Le savant Bacon fut

---

(1) Le père et le fils du grand Racine exercèrent des fonctions
publiques assimilables à celles de *Receveur des finances* de ce temps-ci.

6

*chancelier;* le théologien, l'historien, l'orateur, l'évêque Bossuet était *conseiller du roi en ses conseils;*
l'archevêque Fénelon a écrit le *Télémaque.* De nos
jours, Cuvier a été *conseiller d'État.* Au temps
présent, on cite deux chefs éminents de l'administration financière qui ont traduit Horace, et le Dante
vient d'être reproduit par un membre distingué de
notre plus grave et plus haute cour de justice.

Il me resterait peut-être à parler, comme tant d'autres, du style de mon ouvrage; mais est-ce bien à
l'écrivain à émettre un avis sur ce point délicat? Le
style, c'est l'habit de l'auteur. Or, doit-on apprécier soi-même son propre costume? N'est-ce pas
au public seul qu'il appartient d'en juger? Je lais-
serai donc au lecteur le soin de prononcer sur la
forme purement littéraire de mon poëme. Je crois
devoir seulement l'avertir que, sans m'inquiéter de
la mode à cet égard, j'ai cherché à lui parler, autant

qu'il m'a été possible, un langage naturel et in-
telligible. Je n'aurais pas su, d'ailleurs, faire autrement. Peut-être quelques-uns trouveront ma manière
trop pâle et trop uniforme; mais j'envie, sans pouvoir l'imiter, la couleur vive et mouvementée dont
s'enorgueillit, sans doute à bon droit, une glorieuse
école, et je suis forcé de laisser à d'autres l'honneur
de tremper leur pinceau sur la palette de Rubens.

Un mot de plus, et cet entretien finit à peu près
ainsi qu'il a commencé. Pourquoi, pourra-t-on me
dire encore une fois, pourquoi venir nous parler si
solennellement de la Providence? Quel désordre est
survenu dans le monde, qui doive nous faire douter
de sa protection persévérante? Le soleil menace-t-il
de s'éteindre, et l'aurore ne nous annonce-t-elle pas,
chaque matin, ce flambeau des jours? La lune a-t-elle
cessé d'éclairer le voile transparent des nuits?
D'éblouissantes magnificences ne sont-elles plus sus-

pendues à la voûte étoilée? Les cieux, en un mot, se sont-ils lassés de raconter la gloire de leur Auteur? La terre ne nous donne-t-elle plus ses moissons et ses fruits? Ne nous prodigue-t-elle plus le travail, la chair et la dépouille des animaux qu'elle nourrit pour nous dans son sein? Qu'y a-t-il donc de changé dans l'univers?—Rien, sans doute; mais, familiarisés avec la constance de si grandes et si bienfaisantes merveilles, les hommes, je le répète, ne tendraient-ils pas à en oublier le dispensateur? Ne se montreraient-ils pas un peu aveugles et un peu sourds pour ces splendides spectacles, pour ces magnifiques présents et pour ces éclatantes voix?... Les leur rappeler, en me les rappelant à moi-même, telle est la tâche, encore une fois, que je me suis, ou plutôt que l'on m'a faite. Puissé-je ne l'avoir pas trop indignement remplie! Puisse la force du génie être ici suppléée par le naïf élan de l'enthousiasme et de l'amour! Trop court d'haleine pour chanter une si grande épopée à l'honneur du Tout-Puissant, puissé-je du moins avoir essayé un hymne utile à sa gloire! Heureux si, ne pouvant être en rien assimilé aux chantres sublimes de l'Être suprême et éternel, j'avais pu du moins frayer ici la voie à quelque poète du *bon Dieu!*

PREMIER CHANT

# LA PROVIDENCE

## PREMIER CHANT

### LE CIEL

**Invocation. — Existence de Dieu. — Les astres.**

J'ose chanter de Dieu la Providence auguste,

Que le sage publie, et qu'adore le juste ;

Qui régit l'univers, chef-d'œuvre de sa main,

Et veille avec amour au sort du genre humain :

Ame de ce qui vit et de ce qui respire,

Sur tout ce qu'elle a fait étendant son empire,

Mère de nos plaisirs, baume de nos douleurs,

Qui rit à notre joie, et qui sèche nos pleurs.


Assez et trop longtemps on a vu le Génie,

Invoquant, à genoux, le Dieu de l'harmonie,

Et du Pinde vieilli suivant les vaines lois,

Mendier de la muse et la lyre et la voix.

Des murs du Capitole à l'arène Olympique,

Sur la simple cithare et la trompette épique,

Jadis a retenti le son mélodieux

De l'éloge menteur des héros et des dieux.

Des chantres plus récents, épris d'autres merveilles,

D'accord avec l'histoire ont charmé nos oreilles;

Mais de faits glorieux leurs pompeux monuments,

Servilement parés d'indignes ornements,

Ont à la vérité, pieusement austère,

Allié de l'erreur le mélange adultère (1).


Pour moi, du Dieu vivant sévère adorateur,

Je refuse aux faux dieux tout hommage imposteur;

Et, pour chanter du Ciel les bontés ineffables,

J'écarte avec dédain le prestige des fables.

Toi seule donc, vers qui s'élève mon encens,

Ah! daigne seule aussi protéger mes accents!

Inspire-moi, toi seule, ô sainte Providence!

Verse sur mes efforts ta divine assistance;

Ou qu'un de tes esprits, désigné par ton choix,

Pour moi du haut des Cieux descendant à ta voix,

Me prête de son luth les notes immortelles,

Et qu'une plume d'or, échappée à ses ailes,

Me serve pour écrire, après l'avoir chanté,

Un hymne en ton honneur par toi-même dicté (2) !


Non, il n'est point caché le Dieu qu'il nous faut croire.

Quel regard ne serait ébloui de sa gloire,

Et quel œil si voilé pourrait ne pas le voir

Dans la création, son limpide miroir ?

Il est un Dieu... le monde en tressaillant l'adore,

La raison le devine, et la vertu l'honore ;

Son front, ceint de soleils, au firmament nous luit,

Le jour l'annonce au jour, et la nuit à la nuit ;

La terre vers son trône élève un pur hommage,

L'immensité des mers reflète son image :

Le mont, pour mieux le voir, se dresse à son aspect,

La vallée à ses pieds s'abaisse avec respect;

La majesté le suit, la gloire l'environne,

L'étoile est son regard et le ciel sa couronne.

Il suspend l'épi d'or flottant sur le sillon,

Dessine l'arc-en-ciel ou peint le papillon;

Il brille dans l'éclair, il sourit dans l'aurore;

L'abeille le bourdonne, et l'éléphant l'adore.


Mais il est une voix, au sein de l'univers,

Dont le son éclatant domine ces concerts,

Et du vaste cantique anime l'harmonie

En proclamant l'amour, la puissance infinie :

C'est l'homme, de tout temps invoquant l'Éternel,

Et de ses vœux offrant l'hommage solennel.

N'eût-il pas dès longtemps retiré cet hommage,

Si le Ciel eût de lui retiré son visage,

Si même, devenu son dédaigneux tyran,

Ce Dieu l'eût regardé d'un œil indifférent,

Et si, du haut sommet de sa grandeur altière,

Son Maître eût été sourd au cri de sa prière?

Celui que la raison nous montre si parfait

Aurait pris en dégoût le monde qu'il a fait,

Et sur son œuvre immense, en détournant sa face,

Aurait intronisé le hasard à sa place?

Cet Être, du devoir le principe adoré,

Serait de ses enfants père dénaturé?

Il pourrait donc mentir à son essence auguste,

En cessant d'être bon, en cessant d'être juste?

Ah! loin de nous l'impie, aveugle accusateur,

Proférant contre Dieu ce cri blasphémateur!

Oui, gloire, honneur sans fin, amour, reconnaissance

A celui dont le monde atteste la puissance,

A celui dont l'éclat jamais ne se ternit,

Que la nature chante et que l'homme bénit,

Qui mit dans nos esprits la foi qui nous éclaire

Comme il a revêtu ses soleils de lumière!

Méditons son ouvrage, et comptons à genoux

Tous les biens que sa main y répandit pour nous.

Dans ces bienfaits sans nombre admirons la mesure

De sa tendre bonté pour toute la nature,

Et combien sur ses soins il accorda de droits

A la création dont il nous a faits rois.

Oui, puisqu'il l'a produite, il chérit la matière;

Jamais il n'oubliera même un grain de poussière,

Quoique d'un autre amour il veuille bien aimer

L'homme qu'à son image il a daigné former,

En qui brûle un rayon de la flamme suprême

Qu'en nous il alluma pour être aimé lui-même,

Hâtons-nous... dans ce monde empreint de sa beauté

Voyons jusqu'où pour nous s'étendit sa bonté.


Et d'abord, de ce ciel où se perd notre vue

Passons avec respect la splendide revue,

A cette heure de paix et de sérénité

Où du jour à nos yeux se voile la clarté.

Silence, obscurité, profonde solitude,

Temple mystérieux du calme et de l'étude,

Combien à mes regards votre attrait solennel

Semble embellir encor l'œuvre de l'éternel !

Quels miracles d'amour ! quels trésors de puissance !

O Cieux ! que de splendeur et de munifence !

Quel spectacle enivrant! De quel cœur abattu

Ne s'y retremperaient la force et la vertu!

Oh! qui n'admirerait cette source infinie

D'où coulent des flots d'être et des torrents de vie,

Et cette Providence étreignant sur son sein

De tant d'objets créés le merveilleux essaim!


Mais dis, ô nuit! pour qui cette brillante armée

En épais bataillons au camp des cieux semée?

Pour qui ce dais sublime, et d'un éclat si pur?

Pour qui ce pavillon tendu d'or et d'azur?

Pour qui de diamants cette immense poussière?

Pour qui sur cette mer tant d'îles de lumière?

D'habitants, si l'on veut, ces globes animés

Pour notre usage aussi durent être allumés.

L'homme, qui voit des cieux les régions profondes,

Sur ce monde attaché, jouit de tous les mondes,

Et, contemplant d'ici ces prodiges sans fin,

Peut concevoir, aimer leur Artisan divin.

Dans la zone étoilée, où son regard s'envole,

Il peut lire à grands traits son glorieux symbole.

Quels dons mystérieux, quel doux enseignement

Rayonnent sur son front du haut du firmament!

Ah! si l'éclat du ciel charme notre paupière,

Il inonde à la fois notre âme de lumière,

Et nous révèle un mot des suprêmes grandeurs

De celui qui laissa de ses doigts créateurs

Tomber, en se jouant, ces pompeuses merveilles,

Dont la voix parle aux yeux sans lasser les oreilles.

Atome, dans un coin de l'espace banni,

Par elles l'homme apprend, l'homme sent l'infini,

Et notre âme, entraînée aux plages éternelles,

Pour voler jusqu'à Dieu sent palpiter ses ailes.

Que nous sommes petits dans son immensité!

Mortel, devant sa gloire abaisse ta fierté,

Toi que sa main daigna pétrir d'un peu d'argile,

Et, comme l'univers, à sa voix sois docile!

Étant seul, il voulut dès le commencement,

Et la création s'élança du néant;

Il dit, et du chaos les masses s'ébranlèrent,

Au feu de ses regards les mondes s'allumèrent,

Et dans leurs rangs prescrits tous sans tergiverser

Coururent aussitôt en ordre se presser.

Dès ce jour, sans en être un instant détournée,

Leur phalange, à l'envi, suit sa route ordonnée;

Toujours elle se meut, et se hâte à grands pas

Vers l'ineffable but qu'elle ne comprend pas.

Dans l'immense hippodrome où Dieu lui-même assemble
Tous ces chars lumineux précipités ensemble,
De leurs coursiers de feu son ordre tout-puissant
Pourra seul arrêter l'essor obéissant.
Cependant, emportés par un élan rapide,
Des flots de leur écume ils argentent le vide.
Sur l'infini pygmée avec eux suspendu,
L'homme d'étonnement demeure confondu ;
Et, pour rivaliser ces fils de la lumière,
Il ne peut exhaler qu'amour et que prière,
Et refléter en lui les doux rayonnements
De la vertu qui luit dans ces globes aimants.
Sous même toit d'azur tout un peuple réside,
Une commune loi les gouverne et les guide,
Et dans des flots de calme et de sérénité
Ils s'abreuvent de paix et de fraternité.

Oh! que la loi d'amour, attraction des hommes,

Ne règne-t-elle aussi sur le globe où nous sommes?

Eux, comme on l'est, hélas! trop souvent parmi nous,

De leur éclat entr'eux ils ne sont pas jaloux.

Nul n'envie à l'un d'eux, messager de l'aurore,

Quand ils s'éteignent tous, de resplendir encore,

Et de briller au bord de l'horizon lointain

Comme un beau diamant sur le front du matin (3).

Voyez-vous ce guerrier si pompeux sous sa tente?

Nul n'éclipsa jamais sa parure éclatante;

En vain, toujours armé sous son pavillon d'or,

Cet Achille du ciel semble attendre un Hector.

La paix règne là-haut; là jamais de batailles,

Et le Ciel ne connaît ni deuil ni funérailles,

Exhortant notre globe, inquiet, gémissant,

A ne plus s'abreuver de larmes et de sang.

Entendez-vous les sons tombant de cette lyre,

Que tient sans doute un ange épris d'un saint délire?

Dès longtemps elle chante en ces pompeux déserts,

Et nulle voix jamais ne troubla ses concerts.

Toi, qui gardant des cieux les portes reculées,

Traines le char du pôle, aux ailes étoilées,

Et parcours avec lui d'un vol perpétuel

Ce cirque étincelant qu'arrondit l'Eternel,

Qui jamais, entravant ta triomphale course,

Osa te disputer le beau nom de Grande-Ourse?

Calme et resplendissant, ton éclat sur les flots

Se plait à signaler aux yeux des matelots,

Comme un phare du ciel, cette immobile étoile

Qui mieux qu'un frêle aimant sert de guide à leur voile.

Que d'exemples d'amour sous la voûte sans fin

Luisent disséminés par le souffle divin !

Contemplons au zénith cette brillante voie,

Zone d'argent ondée, où le regard se noie,

Grande route tracée au sein du firmament,

Que le doigt créateur pava de diamant ;

Sur un étroit espace avec quelle harmonie

S'y presse de soleils une foule infinie !

Chacun d'eux ne paraît qu'humblement soucieux

D'orner, simple joyau, la ceinture des cieux.

Quelle est chez les mortels la nombreuse assemblée

Où la concorde ainsi ne fut jamais troublée ?

Point de rivaux au ciel... là deux astres jumeaux

Se plaisent à mêler l'éclat de leurs flambeaux,

Et pour nous rappeler l'amour de la famille,

Des pléiades en chœur l'heureux groupe scintille.

Ah! loin de se haïr, ces globes généreux,

Prodigues de rayons, les échangent entre eux,

Par ce don mutuel s'embellit leur lumière ;

D'autrui même plusieurs la reçoivent entière.

Ainsi, brillants sujets du suprême Pouvoir,

Les astres prêchent tous l'amour et le devoir,

Et leur obéissance et leur douce harmonie

Proclament la bonté, la sagesse infinie ;

Le calme est leur partage, et leur front de saphir

Ne fut jamais ridé même par le zéphir ;

De leur heureux séjour jusqu'à notre prunelle

Descend en gerbes d'or une paix éternelle,

Et pour nous les rayons de leur tendre clarté

Sont des reflets d'amour et de fraternité.

Ainsi dans ce beau ciel, champ d'azur et de flamme,

Tout fut fait pour instruire ou pour charmer notre âme,

Et rien ne resplendit dans ce vaste foyer

Qui doive nuire à l'homme ou même l'effrayer.

Ce grand astre, jadis l'effroi de la nature,

Jamais a-t-il du monde altéré la structure (4)?

Non... Il passe sans bruit, et de ses longs cheveux

Se borne à balayer la poussière des cieux.

Admirons d'un Dieu bon l'éclatante sagesse,

Fléchissons le genou devant tant de largesse.

Mais entre tous les dons que sa main nous a faits,

Pourrais-je oublier l'un de ses plus grands bienfaits?

Pourrais-je négliger de t'offrir mon hommage,

Toi, de la Providence ô la plus douce image,

Reine auguste des nuits, au visage si pur (5),

Dont le trône d'ivoire, élevé dans l'azur,

Luit d'un éclat suave aux regards des humains,

En l'absence du jour éclaire leurs chemins,

9

Argente de leurs bois les nocturnes ombrages,

Pour eux de Philomèle inspire les ramages,

Et, délassant leurs yeux des ardeurs du soleil,

Pour le rendre plus doux glisse sur leur sommeil!

Tout cède à tes attraits, à ta pompe sereine;

La terre est à tes pieds, ô blanche souveraine;

Et comme des sujets épris de ton amour,

Vois les astres pâlir et composer ta cour.

Pendant que ta lueur efface tous ces mondes,

Sous ton sceptre des mers se soulèvent les ondes,

Et, bruyamment docile à tes puissants efforts,

Tour à tour leur flot quitte ou va presser leurs bords.

Ah! jusqu'au Créateur élève aussi notre âme,

A ton foyer pour lui que notre cœur s'enflamme;

Et nous, pour trouver grâce à ses yeux complaisants,

Comme toi soyons purs, comme toi bienfaisants!

Ce bel ange que Dieu forma de son sourire,

L'Espérance, quittant le bienheureux empire,

Parmi nous descendu sur un de tes rayons,

Verse au pauvre isolé le baume de tes dons.

Serein, et devant lui bannissant les alarmes,

Du malheureux qui souffre il vient tarir les larmes,

Son aile d'émeraude en le berçant l'endort

D'un sommeil imprévu tout plein de rêves d'or.

« Confiance, dit-il à son âme inquiète;

« Celui qui fit ce ciel qui brille sur ta tête,

« D'un ouvrage si beau le magnifique Auteur

« Toi-même te fit naître, il est ton Créateur;

« Il t'appelle son fils, tu l'appelles ton Père;

« Espère en son pouvoir, en sa clémence espère;

« A la nuit il fera succéder le grand jour,

« Et le bonheur t'attend dans un autre séjour. »

Imitons du Très-Haut cet esprit secourable;

Sur sa couche avec lui veillons le misérable;

D'une secrète main soulageons la douleur,

Avec l'astre des nuits visitons le malheur,

Et, mettant à profit sa clarté solitaire,

Séchons au nom du Ciel quelques pleurs sur la terre.

De la mort voulons-nous un jour braver l'écueil?

Du malheureux, hélas! n'évitons pas le seuil.

Charité! pain du cœur qui seul nous rassasie,

Charité! charité! pure et sainte ambroisie,

Doux miel tombé d'en haut, que Jésus ici-bas

Nous laissa pour charmer nos deuils et nos combats,

Ton nom seul fait couler la joie avec les larmes,

Et console le monde enivré de tes charmes.

Ah! fais-nous aimer Dieu, c'est l'ineffable Auteur;

Mais aimons l'homme aussi... Des mains du Créateur

Il sortit roi du monde et sa vivante image;

Il mérite après Dieu notre premier hommage;

Oublions de ses torts le passager affront,

Contemplons seulement le sceau qu'il porte au front;

Aimons notre prochain, mais d'un amour sincère,

Et, surtout s'il est pauvre, appelons-le *mon frère*.

Ne sommes-nous pas tous d'un même père issus,

Et ne fûmes-nous pas tous en Ève conçus?

Ah! fuyons comme un fiel et la haine et l'envie,

Et cultivons l'amour, ce nectar de la vie!


Et toi, reine au front pur dont l'éclat gracieux

Fait rayonner ici la paix qu'il donne aux cieux,

Pourquoi, de tant de biens céleste messagère,

Envier à nos yeux la lueur passagère?

Pourquoi laisser ainsi le feu limpide et pur

Des astres tes vassaux s'éteindre dans l'azur,

Comme nos courts flambeaux aux demeures mortelles,

Sitôt las d'éclairer nos fêtes les plus belles?

Pourquoi, pâle et voilant ton regard incertain,

Sembles-tu redouter l'approche du matin,

Et pourquoi, lui cédant le trône de l'espace,

Sous un nuage d'or nous dérober ta face?

Mais, que dis-je? un spectacle encor plus enchanteur

Va révéler aux yeux un pouvoir bienfaiteur.

Oui, si la nuit paraît si belle sous ses voiles,

Sous son manteau d'azur et son collier d'étoiles,

Qui dira la splendeur dont se pare à son tour

Le pompeux vêtement que Dieu fit pour le jour?

Le jour?... Où voyons-nous dans sa munificence

Avec plus de grandeur briller la Providence?

Il naît !... l'obscurité se cache devant lui,

Et la dernière étoile au bord des cieux a lui.

De quel limpide azur l'Orient se colore !...

Silence !... il resplendit du lever de l'aurore.

La Vierge sur le monde, épris de sa beauté,

Verse timidement un regard argenté ;

Sur son front gracieux que la pudeur couronne

Le saphir étincelle et l'opale rayonne ;

Comme la fiancée, attendant son époux,

Riante, elle revêt ses attraits les plus doux ;

Le corail embellit ses lèvres demi closes,

Et ses doigts de rubis parent son lit de roses.


Mais un voile, semblable à du sang répandu,

Paraît à l'horizon tout à coup suspendu.

Quel combat s'est livré dans les célestes plaines?

Aucun... la paix fleurit dans ces zones sereines.

Quel prestige!... il s'élève au bord du firmament

Comme un rempart de feu, d'or et de diamant.

Est-ce un siége sublime? Eh! quoi, l'esprit immonde

S'insurgerait encor pour l'empire du monde (6)?

Non... sur la vaste brèche un géant radieux

Monte... c'est le soleil qui d'assaut prend les cieux.

La terre à son aspect tressaille, croit renaître,

Et reconnaît en lui l'image de son maître.

Salut au roi du jour, pacifique guerrier,

Héros paré de flamme en guise de laurier,

Qui jamais ne ceignit d'armure meurtrière,

Et ne lança jamais que des traits de lumière,

Dont le triomphe est pur de blessés et de morts,

Et n'a jamais coûté ni larmes ni remords,

Dont la gloire de deuil ne fut jamais suivie,

Et qui n'a combattu que pour donner la vie !

Qui pourra cependant soutenir ses regards ?

Ses yeux sont une flamme et ses rayons des dards ;

Comme un brasier fluide étincelle sa face,

D'incendie il paraît menacer tout l'espace ;

Toute paupière doit s'abaisser devant lui

Comme tout astre au ciel s'éteint quand il a lui,

Homme, admire ses traits, sa pompe éblouissante,

Mais ne crains pas ses feux ; la main toute-puissante

Dans les cieux loin de toi daigna les allumer

Pour éclairer tes pas, non pour te consumer.

Ah ! vois-le parcourir le grand cercle du monde,

Et faisant ruisseler dans sa course féconde

Sur ce globe, à sa vue ému, ressuscité,

Des torrents de lumière et de félicité.

10

Tout brille à sa lueur, tout s'échauffe à sa flamme :

De la nature entière il est après Dieu l'âme ;

Tout à ses rayons d'or s'abreuve et se nourrit,

Sous leur ardeur tout naît, tout croît et tout mûrit ;

Il colore nos fleurs, il verdit nos bocages,

Enrichit nos vergers, orne nos paysages ;

Il rougit nos raisins, il dore nos moissons,

Au poète, aux oiseaux inspire leurs chansons :

En décrivant le tour du céleste royaume,

Comme sur le palais il brille sur le chaume,

Et, pour nous attendrir par ses bienfaits touchants,

Se lève sur les bons comme sur les méchants ;

C'est en faisant le bien qu'il fournit sa carrière.....

Mais, athlète vainqueur, il touche à la barrière,

Et le héros enfin, sur une couche d'or,

Comme un triomphateur dans sa gloire s'endort.

Que dis-je? Quand pour nous le grand astre sommeille,

Pour d'autres yeux ailleurs radieux il s'éveille;

Bienfaiteur de ce globe, à tous ses habitants

Il verse tour à tour ses trésors éclatants.

Ce n'est pas lui, c'est nous, c'est notre part de terre

Que presse le besoin d'un repos salutaire.

Après l'ardeur du jour et le faix des travaux,

Sur l'homme lentement et sur les animaux

L'ombre descend... Bientôt sans funeste surprise

Son sceptre ami s'étend sur la terre conquise,

Et, comme l'oiseau mère abritant le poussin,

La nuit couvre le monde endormi dans son sein (7).

O de la Providence heureux et doux emblème!

Quel signe plus touchant de sa bonté suprême!

Pour l'homme qu'elle mit dans cet humble séjour

Elle combla de biens et la nuit et le jour.

O toi qui peins si bien sa grâce souveraine,

Ciel, étends sur mon front ta coupole sereine;

A mon cœur enivré de la divine loi,

Inspire des ardeurs sublimes comme toi;

Et, calmant la tristesse à mes jours dispensée,

De ta teinte suave azure ma pensée;

Jusqu'à toi de mon âme attire les désirs,

Élève à ta hauteur ses vœux et ses soupirs,

Et qu'en ton sein limpide où l'idéal se joue,

Elle plane avec toi sur ce globe de boue.

Puisse-t-elle oublier au sein de tes splendeurs

Nos bruits silencieux, nos petites grandeurs,

Le crime qui se rit des pleurs de l'innocence,

L'or, ce fétiche impur que tout mon siècle encense,

Des voluptés en fleur qui cachent un serpent,

Et des gloires d'un jour où l'on monte en rampant!

Ainsi, pour modérer la source de mes larmes,

Et comme un lourd manteau rejetant mes alarmes,

Ciel, je viendrai souvent, surtout quand le jour fuit,

Rêver, et sous tes yeux interroger la nuit,

Et la prier de dire à mon âme ravie

Le secret de la mort et celui de la vie!

Oh! qui ne voit en toi l'œuvre du Tout-Puissant!

Quand s'ouvre à nos regards ton livre éblouissant,

Quelle page ne luit d'un essaim de miracles,

D'une main toute pleine et de dons et d'oracles?

Devant un tel spectacle interdit, confondu,

S'incline de respect mon esprit éperdu.

De l'espace sans fin peut-il sonder l'abîme?

De ces corps lumineux sait-il la loi sublime (8)?

Conçoit-il l'épopée, au rythme solennel,

Que tous chantent en chœur aux pieds de l'Éternel ?...

Mais ne diraient-ils pas opprobre à mon silence,

Ces splendides hérauts de sa munificence,

Si ma voix ici-bas n'essayait à son tour

Un chant de gratitude et des hymnes d'amour ?

Où trouver toutefois d'assez pompeux cantiques

Pour dire du Très-Haut les bontés magnifiques,

Pour célébrer sa gloire et vanter dignement

Le tableau qu'il peignit pour nous au firmament ?

Oh ! pourquoi sous mes doigts n'ai-je une harpe d'ange ?

Plus pure jusqu'au Ciel monterait ma louange,

Et, plus haut s'envolant vers les parvis divins,

Mes chants rendraient jaloux le luth des Séraphins !

FIN DU PREMIER CHANT.

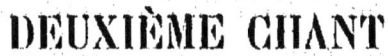

# DEUXIÈME CHANT

# LA PROVIDENCE

## DEUXIÈME CHANT

### LA TERRE

Coup d'œil général sur la matière inanimée et inorganique
L'air. — Extérieur et intérieur du globe
L'eau en général. — La mer

Du haut du firmament, chef-d'œuvre solennel,

Où rayonne surtout le doigt de l'Éternel,

11

O mon âme, descends, rappelle ta pensée,
Sur l'aile de l'Amour jusqu'aux Cieux élancée,
Regagne ta planète, et sur son humble sol
Abaisse encor les yeux et repose ton vol.
Tu viens de contempler dans la zone éthérée
Mille astres, radieux enfants de l'empyrée,
Reflétant du Très-Haut l'éclat toujours serein,
Innombrables joyaux tombés de son écrin.
Là tes yeux purent voir la blanche main des Anges,
Accompagnant leurs voix pour chanter ses louanges,
Des étoiles en chœur toucher le clavier d'or,
Et ce concert des Cieux en toi résonne encor;
Plus heureuse, tu vis le Tout-Puissant lui-même,
Roi magnifique au sein de cette cour suprême,
Dans son palais de perle, au dôme de saphir,
Trôner, et par ses dons surtout nous éblouir.

Mais, ayons-le toujours présent à la mémoire,

Si le Ciel est le trône où resplendit sa gloire,

La terre, humble escabeau du Monarque adoré,

De ce siège sublime est le premier degré.

Sur ce théâtre aussi que d'éclat, de puissance,

Et pour l'humanité quelle munificence !

Que de ces soins divers, de ces biens merveilleux

Le terrestre tableau se déroule à nos yeux,

Et, jusqu'en des reflets dont la raison s'étonne,

Comme l'étoile aux cieux qu'ici l'amour rayonne.

Sous les doigts du Très-Haut notre globe était né,

Et roulait à sa voix dans l'espace étonné.

Une gaze invisible en habilla la sphère,

Et le souffle divin forma notre atmosphère.

Le savant nous dira que d'un double élément

Fut surtout composé ce subtil vêtement,

Qu'il est propice aux yeux, que pour notre paupière

Il azure le ciel et filtre la lumière,

Que son poids nous protége, et de nos faibles corps

Empêche d'éclater les fragiles ressorts (1).

Ah! gloire à ces mortels dont le labeur austère

De l'obscure nature a percé le mystère,

Dont la persévérance, au regard scrutateur,

A sondé jusqu'au fond l'œuvre du Créateur,

Et dont l'esprit, guidé par de puissantes veilles,

En les décomposant ajoute à ces merveilles (2)!

Mon projet à ma vue ouvre d'autres chemins;

La science analyse, et je chante ou je peins.

De mon sujet surtout mon œil parcourt les cimes:

J'en décris les effets ou touchants ou sublimes,

Et choisis dans les dons de la Divinité

Ce qui proclame aux yeux sa palpable bonté,

Ainsi, l'air est pour moi la source de la vie,

Où la nature boit, toujours inassouvie,

Un bienfait paternel, immense, persistant,

Que tout être animé respire à chaque instant,

Symbole inaperçu de la divine essence,

Cet océan où plonge aussi toute existence.


Mais voyez-vous du ciel, naguère encor si pur,

Un voile nébuleux nous dérober l'azur?

Voyez-vous ces vapeurs, mobiles et légères,

Promener sur nos fronts leurs ombres passagères,

Et, de l'astre du jour tempérant les ardeurs,

Pour mieux les faire aimer nous cacher ses splendeurs?

C'est de l'eau, dont la masse étendue et fluide,

Abandonnant des flots la surface liquide,

S'élève au sein de l'air qui pour nous l'a puisée,

Et nous la verse en pluie, en utile rosée.

L'atmosphère soutient ces trésors précieux;

Et sur l'aile des vents ils volent en tous lieux.

Par eux coulent toujours les fleuves dans les plaines,

Et ne tarit jamais l'eau claire des fontaines.

Sur tous les points ainsi notre globe humecté

Peut braver la chaleur et la stérilité;

Ainsi sous nos regards chaque fleur peut éclore

En suçant comme un lait les larmes de l'aurore,

Et le tendre gazon, à l'émail argentin,

Peut toujours se parer des perles du matin (3).

Mais l'hiver a blanchi le faîte des montagnes,

Et son pâle manteau bientôt sur nos campagnes

Apparaît... Toutefois l'horizon attristé

En vain semble terni sous un ciel irrité,

Loin d'être un phénomène à la terre funeste,

Pour elle nouveau fruit de la bonté céleste,

La neige la défend contre les aquilons,

Abrite ses coteaux, protége ses vallons,

Et, laine éblouissante échappée à la nue,

Sert de robe d'hiver à la montagne nue (4).

Quel plaisir d'admirer sur le sol étendu

Ce splendide cristal en poudre répandu,

Et de voir au grand jour comme pour se combattre,

L'air éclater d'azur et la neige d'albâtre!

Avec quel charme heureux je contemplai souvent

De ces âpres beautés le spectacle émouvant!

Tantôt je regardais au sein de la tourmente.

Onduler de flots blancs une mer écumante ;

Tantôt je la voyais, au gré des feux du jour,

De reflets variés se parer tour à tour ;

D'autres fois, s'élevant comme d'étranges herbes,

Ses vagues se groupaient en colossales gerbes

Sur des champs où devaient, au souffle du zéphir,

Flotter des épis d'or sous un ciel de saphir (5).

Longtemps j'ai vu de près (scènes plus solennelles)

Ces éternels glaciers, ces neiges éternelles,

Couronnes de ces monts, de ces rocs sourcilleux

Qui semblent vouloir fuir ce globe pour les cieux.

De là coulent à flots les sources permanentes

De ces torrents fougueux, aux ondes bouillonnantes,

Dont le cours emporté, mais riche et fécondant,

Vole abreuver le Rhin, court enfler l'Éridan,

Le Rhône, le Danube et plus d'une autre artère
Où circule à grands flots l'eau, ce sang de la terre.


Cependant, ô mortel! ne crains pas les frimas,
Le Dieu qui fit ton corps fit aussi les climats;
Il voulut qu'en tous lieux se prolongeât ta vie;
Il combla de ses biens ta terrestre patrie,
Dota l'âpre saison d'utiles ornements,
Para son front glacé de riches diamants,
Et, ciselant les monts en blanches draperies,
Sur le cristal des eaux sema les broderies;
Aux rochers il suspend de splendides émaux,
En panaches d'albâtre il sculpte les rameaux,
Argente des forêts les cimes ondoyantes,
Et tresse les buissons de perles chatoyantes.

Pour les yeux il se joue en caprices divers;

Ainsi que les printemps il fleurit les hivers,

Et de la même main dont il forma ton être

D'arabesques de nacre il orne ta fenêtre (6).


De la nature ainsi le spectacle enchanté

Partout offre aux regards l'idéale beauté,

Même au sein des frimas nous charme et nous enflamme,

Et vers le beau suprême élève ainsi notre âme.

Admirons donc le froid jusque dans sa rigueur;

De notre être fragile il accroît la vigueur;

Et puis dans le volcan, sous les traits du tonnerre,

N'avons-nous pas trouvé son heureux adversaire,

Le feu, qui nous réchauffe ou cuit nos aliments,

Et presque en volupté change un de nos tourments?

Roi brûlant de ce monde, il ne peut le dissoudre,

Il dort dans le caillou comme il bout dans la foudre;

Agent toujours le même, agent toujours nouveau,

Il fait battre mon cœur et sentir mon cerveau,

Et pour moi, par le jeu de sa température,

Entretient les ressorts qui meuvent la nature.

C'est lui-même qui tient en suspens dans les airs

Ces vapeurs dont j'ai dit les prodiges divers.

De sa bonté pour nous, ah! combien d'heureux gages

La Providence encore a mis dans les nuages!

De quels traits éclatants leurs reflets gracieux

Ornent à nos regards le spectacle des cieux!

Quel nouveau charme donne à la nature entière

De leur soyeux tissu la mouvante lumière!

De combien de couleurs, au ton brillant et pur,

Ils nuancent les cieux, émaillent leur azur!

Qui dira les beautés qu'ils prêtent à l'aurore,

La pompe que leur doit le jour qui vient d'éclore,

Et l'or et les saphirs qu'à leurs flancs radieux

Emprunte le soleil nous faisant ses adieux?

Qu'il est beau de les voir sur nos têtes s'étendre,

Tantôt comme une mer à grands flots s'y répandre,

Ou feindre des vaisseaux splendidement parés,

Qui voguent de concert vers des ports ignorés,

Flotte rapide, immense, aux blanchissantes voiles,

Qui, paraissant aux yeux cingler vers les étoiles,

Sur la foi d'un pilote invisible mais sûr,

Laisse une écume d'or sur des vagues d'azur.

Tantôt l'œil voit au ciel d'attrayants paysages,

De contrastes divers les mobiles images,

Des arbres aux rameaux ondoyants dans les airs,

Des champs pleins de moissons et des rochers déserts,

Des oiseaux, des poissons, aux formes pittoresques,

De massifs éléphants, des lions gigantesques ;

Là parfois se déploie une chaîne sans fin

De hauts monts étagés sur l'horizon lointain.

De merveilleux tableaux mouvantes galeries,

Les nuages au ciel peignent nos rêveries,

Racontent à nos yeux de rapides romans,

Dessinent des cités, de hardis monuments,

Des remparts, des faisceaux d'armes et de trophées,

Des combats de géants et des châteaux de fées.


Ainsi, pour le bonheur prévenant nos désirs,

Dieu jusque dans la nue a caché des plaisirs,

Et, se montrant à nous même au sein des prestiges,

Pour nous sa main partout a semé les prodiges.

Mais de quel bruit lointain l'atmosphère a frémi!...

Écoutez!... le ciel tremble, et la terre a gémi ;

L'air siffle, en tourbillons se roule la poussière ;

Un crêpe nébuleux, nous voilant la lumière,

De l'horizon noirci rapproche le contour ;

L'ombre gagne,... la nuit va succéder au jour ;

L'éclair sillonne au loin l'obscurité profonde,

Et comme un glas de mort sur nous la foudre gronde ;

L'eau tombe à flots ; les vents furieux, mutinés,

Hurlent, tigres de l'air, en tous sens déchaînés ;

L'effroi pénètre au cœur de toute créature,

Et l'on croit pressentir la fin de la nature...

Vaine terreur... Bientôt ce trouble sans pareil,

De menaces de mort formidable appareil,

Cesse... Du ciel a fui jusqu'au dernier nuage,

Et la peur des humains s'envole avec l'orage;

Aux éclats du tonnerre, aux vents impétueux

Un calme a succédé pur et majestueux;

La clarté reparaît, et, fier de sa victoire,

Le soleil, roi du jour, trône encor dans sa gloire.

De ce drame de l'air tel est le dénoûment;

Dans un profond repos rentre chaque élément;

L'air, la terre, les eaux et les cieux font silence,

Et de leur seul accord le concert recommence.

Que dis-je?... De ce choc dont il fut ébranlé,

Notre globe est sorti frais et renouvelé,

Et, réprimant l'ardeur de la température,

L'orage en l'épurant rajeunit la nature.

Ainsi le Ciel est bon quand il semble cruel,

Et le mal apparent est un bienfait réel.

C'est que le Tout-Puissant, en lâchant la tempête,

La surveille, et toujours lui dit à temps : « Arrête ! »

A la foudre brûlante il dicte aussi des lois,

Lui dit : « Respecte l'homme, et, docile à sa voix,

« Au bout d'un vil métal que sa main te présente,

« Brise sur ses palais ta rage obéissante (7) ;

« Sers même désormais à de plus grands besoins :

« Le long d'un humble fil prolongé par ses soins,

« Pour relier enfin les nations entre elles,

« Jusque sous l'Océan prête à sa voix des ailes ;

« Puis, un jour, avec lui remontant vers l'éclair,

« Ton souffle guidera ses navires dans l'air ;

« Car à lui l'atmosphère, et sur tout son domaine

« Je veux introniser sa grandeur souveraine. »

Du fluide invisible, où sont plongés nos corps,

Tels sont les hauts emplois, les sublimes accords;

Mais il cache pour nous de plus humbles merveilles :

C'est par lui que tout bruit vient frapper nos oreilles,

Et qu'avant de la voir, à propos avertis,

Mille fois de la mort nous sommes garantis.

Fidèle écho des sons que la lèvre articule,

A la parole humaine il sert de véhicule,

Et, de nos volontés esclave à tout moment,

L'air traduit la pensée ou peint le sentiment.

Sans ce divin secours, sauvage, insociable,

L'homme serait resté muet pour son semblable.

Agent docile encor aux lois du Créateur,

Cet instrument pour nous est un puissant moteur;

A la place de l'homme il sait broyer et moudre,

Et nous nous nourrissons du grain qu'il met en poudre.

De plus d'une industrie impérieux ressort,

A l'art de naviguer il imprima l'essor,

Et prête, en se jouant de la vague profonde,

Son aile au char marin qui nous traîne sur l'onde.

De la douce harmonie, aux accords enchantés,

Nous lui devons aussi les chastes voluptés.

Que de ravissements à l'oreille il procure!

Par lui le vent soupire et le ruisseau murmure,

L'oiseau chante, au printemps, ses poëmes divers,

Et l'art de mélodie embaume nos hivers.

L'air parle sur la harpe, à la voix peu sonore,

Il se plaint dans la flûte, aux tons plus doux encore,

Du mobile clavier il court former les sons,

Du hautbois pastoral inspire les chansons,

Fredonne dans le fifre ou la tendre musette,

Anime le clairon, sonne dans la trompette,

Rit dans le tambourin, et jusqu'à l'Éternel
Nous ravit dans les Cieux sur l'orgue solennel.
A des charmes secrets par lui l'âme accessible
Respire des odeurs le parfum invisible,
Et, savourant deux fois un doux présent des Cieux,
Sent la fleur dont l'aspect avait séduit nos yeux.


Mais c'est assez, de l'air peignant les phénomènes,
Y contempler de Dieu les bontés souveraines ;
Sur la terre elle-même admirons leurs effets,
Et voyons ce que l'homme y foule de bienfaits.


Sans doute elle n'est plus la demeure enchantée
Qui par d'heureux humains fut jadis habitée ;

Dès longtemps il n'est plus le biblique jardin

Que Dieu lui-même avait nommé du nom d'Éden (8),

Séjour délicieux de bonheurs sans mélanges,

Et comme un nouveau ciel visité par les anges,

Où sur des lyres d'or résonnaient, nous dit-on,

D'ineffables concerts..... répétés par Milton,

Et dont un doux écho plus près de leur magie

Jadis a retenti dans la Mythologie.

Ils sont bien loin de nous ces siècles fortunés

Que du nom d'âge d'or la Fable avait ornés....

Sans cesse à l'homme alors souriait la nature,

La terre sous ses pas produisait sans culture,

Le zéphyr seul ridait le tiède azur du ciel,

Des arbres toujours verts coulaient des flots de miel,

Le lait, ainsi que l'eau, se puisait aux fontaines,

Et les blés sans semence ondoyaient dans les plaines;

L'homme ignorait encor l'âpreté des hivers,

Et le printemps lui seul régnait dans l'univers;

De sinueux ruisseaux, aux ondes argentines,

Serpentaient sur un lit d'agates cristallines,

Et leurs flots en chantant déposaient sur le bord

Une écume de perle au sein d'un sable d'or;

Les oiseaux en tout lieu prodiguaient leurs ramages,

Et d'éternelles fleurs émaillaient ¹     ocages (9).


Si du Ciel toutefois les suprêmes arrêts

A la terre ont ravi ses plus divins attraits,

Si de ses anciens jours elle est dégénérée,

Malgré sa chute encor cette reine éplorée

Rappelle à nos regards sa première splendeur,

Et ses revers eux-même attestent sa grandeur.

En présents d'un Dieu bon notre planète abonde;
Elle est belle toujours, toujours elle est féconde.
O terre! montre-nous tes traits inanimés,
Pour paraître plus tard vivante aux yeux charmés!


Que de sites heureux semés sur ta surface!
D'en contempler l'aspect l'œil jamais ne se lasse.
Que j'aime à voir tantôt l'horizon aplani
S'étendre, et devant moi dérouler l'infini,
Tantôt de plis mouvants ta face sillonnée,
Comme pour se cacher doucement inclinée,
Entr'ouvrant en berceaux de sinueux vallons,
Où dans l'ombre et le frais dorment les aquilons!
Ici sous mes regards ondule la colline,
D'où coule en murmurant une onde cristalline;

Plus loin, comme un géant au regard soucieux,

Le mont avec la nue escalade les cieux.

La Majesté divine habite sur ces cimes;

L'œil de l'homme y jouit de spectacles sublimes,

Et quand son pied gravit leur faîte solennel,

Son âme de plus près adore l'Éternel.

Debout sur ces sommets que le ciel seul limite,

Oh! comme il sent alors que la terre est petite!

Son regard ébloui ne conçoit de grandeur

Que dans l'immensité, trône du Créateur.

De ces monts toutefois qui nous dira la race?

Le volcan en vomit quelques-uns dans l'espace,

D'autres d'un bond soudain, encore inexpliqué,

S'élancèrent à froid sur le sol disloqué (10).

De la foudre et des vents tous offrent les ravages,

Et l'eau diluvienne a ridé leurs visages.

Mais qu'on aime à les voir, beaux de tous leurs combats,

Couronnés de verdure ou tout blancs de frimas!

Qu'on aime à s'enfoncer au creux de leurs ruines,

Entre les rocs pendus aux flancs de leurs ravines!

Qu'on aime à contempler leurs sauvages attraits,

A pénétrer au fond de leurs antres secrets!

Quel plaisir de se perdre aux gracieuses rives

Que creusent dans leur sein des ondes fugitives,

Labyrinthes ombreux, méandres odorants,

Doux asiles de paix, de souffles murmurants,

Qui nous mènent aux bords si remplis de mystère

Où la cascade chante un hymne solitaire,

Et verse, à flots d'argent, dans ces abris déserts,

Des rêves qui feraient oublier l'univers!

Que de fois, parcourant vos sites pittoresques,

A vos pieds, sur vos flancs, sur vos pics gigantesques,

O monts! d'un tel spectacle heureux contemplateur,

J'ai médité, béni l'œuvre du Créateur!

Colonnes de granit, fronton sublime, austère,

Du palais qu'il bâtit pour le roi de la terre,

Ah! croulez en débris sur l'ingrat couronné,

Le jour où, cessant d'être humblement prosterné,

Il ne daignerait plus à vos traits reconnaître

La tendresse d'un père, et la grandeur d'un maître!

Mais ce Maître si bon ne vous a pas formés

Pour être un vain spectacle à nos regards charmés;

Et quand il fit, un jour, sur les plaines naissantes

Bondir comme un troupeau vos croupes menaçantes (11),

Contre plusieurs fléaux il voulut abriter

Le séjour que pour l'homme il daignait apprêter.

14

Vous dûtes amortir les coups de la tempête,

Et cet autre ouragan appelé la conquête.

Sur eux seuls de l'hiver attirant les torpeurs,

Vos fronts, marbrés de glace ou noircis de vapeurs,

Durent filtrer pour nous ces flots d'eau salutaire

Courant pour abreuver et féconder la terre,

Tels qu'on les voit surtout du pays Abyssin

Couler, et de l'Egypte inonder le bassin (12).


Mais le bras généreux qui nous verse vos ondes

Dota d'autres présents vos entrailles fécondes;

Il y mit à foison des trésors précieux

Qu'élabore le temps en les cachant aux yeux.

Là naît l'or, naît l'argent, ces rois de la fortune,

Et des autres métaux la tribu plus commune,

Affectant moins d'éclat, mais plus d'utilité,

Et qui, sans l'éblouir, servent l'humanité.

Là du plomb, de l'étain, du cuivre indestructible

Gît séculairement la source incorruptible.

C'est là surtout que naît cet agent sans rival,

Le fer, humble pivot de l'état social.

Pour bâtir ses palais, ses temples, ses portiques,

L'homme en extrait le marbre aux formes magnifiques,

Par qui revit aux yeux sous ses traits tout grand nom,

Qui décore Saint-Pierre, et fit le Parthénon.

Là, la terre pétrit dans ses obscures veines

Ces minéraux de choix, merveilles souterraines,

Pierres au vif éclat dont la rare splendeur

De superbes rayons couronne la grandeur,

La revêt à nos yeux des teintes les plus pures,

Et constelle de feu les royales parures;

Vanité somptueuse, ornement enchanté

De cette reine aussi qu'on nomme la Beauté;

Joyaux, des yeux humains la merveille idéale,

Dont se pare surtout la rive orientale.


Il est des minéraux plus précieux encor,

Émoussant la douleur et combattant la mort,

Heureux agents, dont l'homme armé par la science,

De la vie, après Dieu, maîtrise la puissance.


Les monts cachent aussi dans leurs replis secrets

Ces amas de charbons, vieux débris de forêts

Qui jadis ondoyaient à l'air, à la lumière,

Et que le temps durcit en combustible pierre.

Ainsi pour nous, suivant un prévoyant amour,

Dut revivre le bois, s'il nous manquait un jour (13).


Tels sont les éléments du bonheur de la terre.

Mais ces dons merveilleux et ceux de l'atmosphère

Dans l'œuvre du Très-Haut auraient tous été vains

Sans l'eau, comme eux éclose aussi des doigts divins.

Elle est autant que l'air l'aliment de la vie.

L'existence sans l'eau serait bientôt tarie.

Besoin de tous les lieux et de tous les instants,

Désaltérant le globe et tous ses habitants,

L'eau pénètre le sol, le féconde ou l'épure,

Et baigne incessamment le sein de la nature...

Quelquefois, par un don mystérieux, secret,

Des maux les plus aigus elle émousse le trait,

Ranime, par l'effet d'une vertu puissante,

Le courage blessé, la beauté languissante (14),

Rend des sens au vieillard, de la vie à l'enfant,

Et de l'art de guérir fait un art triomphant.


Voulant dans son dessein, en bienfaits si fertile,

Sur la terre allier l'agrément à l'utile,

Dieu prescrivit à l'eau de former dans son sein

Des plus beaux monuments un merveilleux essaim.

Ouvrez-vous sous mes pas, grottes silencieuses,

De chefs-d'œuvre pompeux sources délicieuses;

Déployez devant moi le magique appareil

De beautés que jamais n'éclaira le soleil!...

J'y pénètre guidé par la faible lumière

Que j'apporte moi-même en ce noir sanctuaire...

Mais, quoi de plus brillant à la clarté des cieux?

D'objets inattendus quel monde radieux!

De spectacles divers quelle pompe inouïe

Vient tout à coup s'offrir à ma vue éblouie!

Quelles voûtes sur moi s'inclinent en berceaux!

Quels cintres de cristal! quels limpides arceaux!

Ici l'albâtre pur s'élève en colonnade,

Pose en buste, en statue, ou ruisselle en cascade;

Là se dresse un autel de festons couronné,

Et de flambeaux d'argent et d'or environné.

Ciel! quel art inconnu décora ces asiles,

Fit ces frontons d'ivoire, et ces blancs péristyles?

Quelle main cisela ces murs resplendissants,

D'un magique palais lambris éblouissants?

Quel ciseau prodigua ces frises, ces sculptures,

Ces fresques en relief, idéales tentures,

Et de la stalactite, à l'éclat enchanté,

Fit jaillir tant de grâce et tant de majesté?

C'est l'eau qui, dans le roc s'infiltrant goutte à goutte,

De neige scintillante incrusta cette voûte,

Et pétrit de ses doigts savants, mystérieux,

Ces merveilles sans nom dont s'enivrent mes yeux.

C'est dans ces lieux cachés, réduits pleins de mystère,

Que le temps accomplit son œuvre solitaire;

Oui, c'est dans ce musée imprévu, souterrain,

Qu'il exerce son art inconnu, souverain,

Et qu'il a préparé la scène solennelle

D'une Exposition lente... mais éternelle (15)!


Remontant vers le jour, voyons de toutes parts

Tourner pour nos besoins ces rouages épars :

C'est l'eau qui meut encor ce mécanisme immense.

De l'ardente vapeur qui dira la puissance?

Qui nous peindra l'essor, l'irrésistible élan

De la locomotive et du waggon brûlant?

Dernier présent du Ciel, largesse éblouissante,

Qu'hier versa sur nous la main toute-puissante,

Merveille de progrès et de félicité,

Vers de nouveaux destins poussant l'humanité,

Don sublime où pour nous la Providence brille,

Et qui du genre humain va faire une famille!


Oh! qui n'admirerait tant de bienfaits divers!...

Nous avons déjà vu l'eau monter dans les airs,

Y voler en tous lieux sur l'aile des nuages,

Jaillir du sein des monts ou se fondre en orages;

Quelquefois en des creux faits pour la recevoir

Elle forme des lacs le vaste réservoir;

Elle remplit le sein des limpides fontaines,

Enfle les clairs ruisseaux serpentant dans les plaines,

Par ses flots tantôt lents, tantôt impétueux,

Des fleuves entretient le cours majestueux,

Et, suivant un chemin tracé de main divine,

S'écoule vers la mer, sa première origine.

La mer!... la mer!... jamais aucun mortel pinceau

Put-il de ce prodige ébaucher le tableau?

La mer... après le ciel le plus beau des spectacles

Que nous montre le Dieu si fécond en miracles,

La mer, chaîne aux anneaux enlaçant l'univers,

Et reliant entre eux tous les peuples divers,

Surtout depuis le jour où des forces nouvelles

Aux vaisseaux étonnés ont donné d'autres ailes,

Et que contre le feu l'eau luttant dans l'airain

Asservit la distance à l'homme souverain.

O merveille!... où voit-on, céleste Providence,

Luire avec plus d'éclat votre magnificence?

Et vous tous qui, sans peur de l'humide géant,

Volez pour un peu d'or au bout de l'Océan,

Songez-vous quelquefois à ce Maître du monde?

Qui soutient votre esquif sur la vague qui gronde?

Est-ce vous, est-ce moi qui créâmes ces mers,

Qui creusâmes ce lit égal aux flots amers,

Et qui, prenant des eaux la mesure certaine,

Remplîmes jusqu'au bord la coupe toujours pleine?

Qui donc, mettant un frein à ces flots mutinés,

Les tient dans leur prison frémissants, enchaînés,

Et qui contre le grain des sables du rivage

Disperse en se jouant l'écume de leur rage?...

C'est Dieu, c'est Dieu lui seul, Père du genre humain,

Qui mesura la mer dans le creux de sa main,

Qui dans son sein profond ouvrit de noirs abîmes,

Qui fit ses bonds fougueux, ses colères sublimes (16),

Et qui lui dit, pour nous ému d'un tendre soin :

« Tu viendras jusqu'ici, mais n'iras pas plus loin! »

FIN DU DEUXIÈME CHANT.

# TROISIÈME CHANT

# LA PROVIDENCE

## TROISIÈME CHANT

### ÊTRES ORGANISÉS VIVANTS

**Les Plantes. -- Les Animaux**

Que ne puis-je emboucher la trompette éclatante

Qui sur la terre un jour sonnera l'épouvante,

Et fera tressaillir dans le fond des tombeaux

Des humains endormis les funèbres lambeaux !

Ou que ne suis-je l'ange, à la voix formidable,

Qui, servant d'interprète au clairon redoutable,

S'écrira : « Secouez votre morne sommeil,

O morts! voici le jour fixé pour le réveil! »

A mon siècle endormi sur le sein de l'ivresse,

Et comme en un cercueil plongé dans la mollesse,

Réveilles-toi, dirais-je, au bruit de mes accents,

Soulève, hâte-toi, le linceul de tes sens;

A la clarté du jour rouvre enfin la paupière

Pour contempler de Dieu l'éternelle lumière;

Devant sa majesté, morts-nés, inclinez-vous,

Et de sa providence embrassez les genoux;

Songez qu'à vos côtés, invisible et présente,

Elle qui vous fait vivre est à jamais vivante.

Levez les yeux, voyez quels éclatants témoins

Vous disent son amour et proclament ses soins!

De la terre et des cieux consultez les oracles,

Tous montrent à l'envi ses dons et ses miracles!


Dès le commencement, l'Auteur de l'univers

D'astres aux flammes d'or peupla les cieux déserts,

Fit nager sous sa main les soleils dans l'espace,

Puis il créa la terre, et dessina sa face.

Mais il fallait encor que sur sa nudité

Ce Dieu versât la vie et la fécondité.

Il voulut, et du sol les entrailles s'émurent;

Les plantes, à sa voix, les animaux parurent.

Ces êtres qu'à divers degrés il anima,

Dociles pour toujours au doigt qui les forma,

Croissant sous nos regards, et s'engendrant sans cesse,

Pour nous fidèlement propagent leur espèce,

Passent de germe en germe, et comme au premier jour
Ornent en nous servant le terrestre séjour.
Mais voulez-vous savoir les bornes du génie?
Osez lui demander ce que c'est que... la vie!....
Consultez Aristote et Linnée et Buffon,
Interrogez Cuvier, esprit non moins profond;
Aux Flourens, aux Edwards, aux Humboldt, noms célèbres,
Flambeaux contemporains luisant dans nos ténèbres (1),
Demandez de la vie et l'essence et les lois,
Confus, ils répondront d'une commune voix :
« La vie est un secret ignoré de nos veilles,
« Et connu du Dieu seul qui fit tant de merveilles! »
Mais si d'un phénomène obscur, mystérieux,
Le principe nous fuit, l'effet vit sous nos yeux...
Des végétaux d'abord parcourant le domaine,
Voyons ce que de biens leur doit la race humaine.

Dis, herbe du vallon, dis, pampre du coteau,

Dis-nous, chêne superbe, et toi, frêle roseau,

Haut peuplier, saule humble, au murmurant ombrage

Que l'aile du zéphyr berce sur le rivage,

O vous tous, de la mousse au cèdre du Liban,

Dites-nous pourquoi Dieu vous tira du néant?

Pour qui tant de parfums éclos de son haleine?

Pour qui de fruits si doux cette main toujours pleine?

N'a-t-elle pas pétri sous ses doigts tout-puissants

Les mets de ce banquet éternel pour nos sens?

N'a-t-elle pas tout fait pour notre âme ravie,

Pour nourrir, abriter, embaumer notre vie?

L'arbre, vert obélisque, orgueil de l'horizon,

Dut couronner, défendre, orner notre maison;

Il dut construire aussi ce toit que l'onde porte,

Et qu'au delà des mers le vol du vent emporte.

Sa feuille nous ombrage, et ses nombreux rameaux

Servent de frais asile à ce peuple d'oiseaux

Dont le concert pour nous chaque jour recommence,

Et nous chante de Dieu l'éternelle romance.

De l'arbre encor pour nous que de bienfaits divers!

Il pétille dans l'âtre, attiédit nos hivers,

Et, par l'heureux pouvoir d'un feu prompt et facile,

A la digestion rend l'aliment docile.

A cent autres besoins le bois pour nous subvient;

Il sert de nouveau membre à nos corps qu'il soutient,

De meuble à notre asile, à nos champs de clôture,

Et de puissants leviers arme l'agriculture.

De la bonté céleste instrument généreux,

Il nous prodigue aussi ces trésors savoureux,

Ces innombrables fruits, aux formes attrayantes,

Du Ciel au gré de l'air largesses ondoyantes,

De la terre et de l'eau le produit le plus doux,

Enchantement des yeux et délices du goût.


Mais aux rameaux surpris de leur magnificence,

La fleur toujours du fruit précède la naissance;

Pour lui de son arôme elle enivre le vent (2),

Et pour le nouveau-né sert de berceau mouvant.

O des œuvres de Dieu riche et touchant spectacle!

Toujours une merveille y prélude au miracle!

Telle en nos cœurs émus, quand le bonheur nous luit,

L'espérance est la fleur qui précède le fruit.

La fleur!... Sur un objet si débile et si tendre

Que de vie à nos yeux le Ciel a su répandre!

Qui dira les attraits de ces filles d'Éden,

Que Dieu sema lui-même au merveilleux jardin,

Et d'un souffle embaumé sous ses doigts fit éclore

Vierges, et secouant les perles de l'aurore?

Comment peindre leurs traits, leurs formes, leurs atours,

De leurs secrets hymens les pudiques amours (3),

L'émail de leurs couleurs où le soleil se mire,

Et leurs parfums si doux que le zéphyr aspire?

Savants physiciens, et vous, fameux sculpteurs,

Chimistes de renom, hardis dessinateurs,

Vous dont l'art décompose, imite toute chose,

Pouvez-vous seulement faire un bouton de rose?

De cette rose aux lis, de l'œillet aux pavots,

Chaque fleur offre à l'œil des charmes sans rivaux.

Si le printemps surtout en tresse sa couronne,

A nos goûts modérés chaque saison les donne.

L'amitié les cultive; ah! leur riche trésor

Pare la fiancée, et décore la mort;

Jusque sur les autels s'étale leur guirlande,

Et Celui qui les fit en accueille l'offrande.


Si la fleur sert ainsi le besoin de nos cœurs,

Des maux les plus cruels ses sucs souvent vainqueurs

Réparent la santé dans nos corps affaiblie,

Apaisent la souffrance et raniment la vie;

Égaux par leurs vertus à l'arbre précieux

Aux bords péruviens accordé par les Cieux,

Et qui, par des effets que l'art rend plus sublimes,

A la mort tant de fois a ravi des victimes (4).

Entre l'arbre et la fleur un monde d'arbrisseaux

Et d'arbustes divers, isolés, en faisceaux,

Humble création formée à notre usage,

De la bonté du Ciel nous offre encor le gage.

Que de mets, comme l'herbe obscurs mais non grossiers,

De l'homme qui les foule humblement nourriciers,

Dans les plus menus soins peignent la Providence,

Et pour nous en tous lieux croissent en abondance.

Ainsi Dieu le voulut; et cette même main

Qui, lançant les soleils dans l'espace sans fin,

Sema dans l'univers les flots de la lumière,

A de plantes aussi peuplé la terre entière.

Elles ornent les sols et les sites divers,

La plaine populeuse et les rochers déserts (5);

Elles parent les monts, ombragent les collines,

Et même au fond des eaux attachent leurs racines.

De l'ardent équateur jusqu'au pôle lointain,

Des bornes du couchant aux portes du matin,

La Nature, étalant sa beauté sans rivale,

Et traînant à longs plis sa robe végétale,

Ainsi qu'un doux velours prodigue pour nos yeux

A la terre le vert comme l'azur aux cieux.

De ses superbes pins quand le nord se couronne,

De palmiers aux fruits d'or le tropique rayonne;

On voit naître et mûrir en ce brûlant séjour

Le sucre et le café, ces fils du Roi du Jour,

L'oranger, l'aloès, aux fleurs pleines d'arôme,

Et l'arbuste embaumé d'où naît le cinnamome.


Notre zone n'est pas moins riche en végétaux :

L'olive et le raisin pendent sur ses coteaux;

Sa terre, plus *peuplée*, est aussi plus *féconde;*

Là surtout naît le blé, cet aliment du monde (6).

Qui dira les trésors qui couvrent nos guérets,

Nos vergers fructueux et nos vastes forêts?

Avançons jusqu'au bois qui s'offre à notre vue,

Et vers qui nous conduit cette longue avenue.

Nous voilà dans son sein, foulant l'herbe et les fleurs :

Quel tableau ravissant de forme et de couleurs!

D'arbres si variés quel immense assemblage!

Que de paix, de silence, et quel riche feuillage!

Quels vastes massifs d'ombre, et quels riants berceaux !

J'aime ces rameaux verts suspendus en arceaux,

Ces feuilles sur mon front en dômes transformées,

Et que frôlent du vent les ailes embaumées.

J'aime de cette horreur la sombre majesté.

Ici que de mystère et de solennité!

Que de troncs vénérés consacrent cet asile,

Colonnes dessinant le vaste péristyle

D'un temple qu'on dirait élevé dans ces lieux

Par quelque peuple antique, adorateur des dieux!

Salut, princes des bois, qui, dédaignant la terre,

Insultez la tempête, affrontez le tonnerre,

Et, n'ayant jamais eu de sujets inconstants,

Régnez ici sans peur, et vous riez du temps!

Salut, honneur à vous, à vos cimes mouvantes

Qui ressemblent dans l'air à des têtes vivantes

De sublimes vieillards en conseil assemblés!

Vos secrets peuvent-ils nous être révélés?

Ah! dites-nous le sens de ce vague murmure,

Concert mélodieux, écho de la nature,

Qui semble, sur un ton rêveur et sérieux,

Parler aux vents du ciel en sons mystérieux.

O bois, asile saint, majestueux et sombre,

Que ne puis-je souvent m'isoler sous ton ombre !

Que ne puis-je, perdu dans tes sentiers secrets,

Méditant la sagesse et savourant le frais,

Bercer à tes rameaux une âme libre et pure,

N'entendre que le bruit des chants de la nature,

Et, m'oubliant moi-même en cet auguste lieu,

Ne m'y ressouvenir que des bienfaits de Dieu !

Ainsi de mille dons la source libérale

Manifeste du Ciel la bonté sans rivale.


Mais si le Créateur a pour l'humanité

Dans la plante à nos yeux mis tant d'utilité,

Chantons ce que l'Auteur de toutes ces richesses

Dans le monde animé mit pour nous de largesses.

Là, contemplons encor d'un œil reconnaissant

Luire en notre faveur le doigt du Tout-Puissant.


A peine de ses mains le chef-d'œuvre suprême,

L'homme sortait orné d'un royal diadème,

Devant lui, par la voix de Dieu même appelés,

Les animaux divers parurent assemblés,

Et chacun, au Monarque heureux de se soumettre,

Sous les yeux du Très-Haut le reconnut pour maître.

Le livre trois fois saint nous révèle pourquoi

Ce prince en vit plusieurs s'affranchir de sa loi,

Et comment l'animal, à sa voie infidèle,

Ainsi que la matière est devenu rebelle,

Comment ce qui fut bien devint plus tard fatal,

Quel est le sort de l'homme, et d'où naquit le mal.

Mais même après le jour de cette décadence,

Pour leur maître déchu l'on voit la Providence

Tirer des animaux un essaim de bienfaits,

Et prouver que pour nous sa bonté les a faits.

Voyez-les pulluler sur tous les points du monde,

Voyez, au sein de l'air, de la terre et de l'onde,

S'agiter en tous sens les êtres animés,

Et dites si pour l'homme ils ne sont pas formés.


Interrogeons d'abord cette tribu légère

Qui fend comme une mer les flots de l'atmosphère.

O vous, hôtes du ciel, dont la vue et le vol

Planent sur notre tête et dédaignent le sol,

Peuple si diapré de langue et de plumage,

Oiseaux, venez m'aider à peindre votre image!

Qu'une plume, avec soin choisie entre vous tous,

Me serve à retracer vos charmes les plus doux ;

Entre toutes vos voix que les plus applaudies

Me guident pour chanter vos pures mélodies ;

Ou mieux, oiseaux du ciel, unissons nos concerts,

Et célébrons en chœur le Dieu de l'univers,

Qui, pour vous composer une belle parure,

Épuisa les trésors de la riche nature,

Qui vous donna des chants qu'on écoute à genoux,

Et pour notre bonheur vous a donnés à nous.

Hélas ! par une loi trop constamment suivie,

Votre mort sert en nous à soutenir la vie :

De votre dévoûment tel est le triste prix ;

Mais, plus fréquents soutiens du cœur et de l'esprit,

Pour nous brillant spectacle ou sonôre merveille,

Vous captivez notre œil ou charmez notre oreille ;

De tous vos attributs le prodige apparent

Étonne l'homme instruit, fait penser l'ignorant;

De vos formes jamais qui dira l'artifice,

Et de vos corps divers le vivant édifice,

Beaux oiseaux? Qui peindra l'éclat de vos habits

Pailletés d'émeraude, émaillés de rubis?

Qui jamais imita les accords poétiques

Dont l'Artiste suprême anima vos cantiques?

Du colibri pour nous il fit le vêtement

Qui luit tout étoilé d'or et de diamant;

Le faisan, teint de flamme, à l'aigrette ondoyante,

Et du pigeon moiré la robe chatoyante;

Le paon, dont le plumage avec tant de splendeur

S'ouvre, et comme un écrin ravit le spectateur;

Il fit le rossignol, aux suaves ramages,

Ce luth ailé du ciel tombé dans nos bocages;

Toi-même aussi, jadis oiseau du Roi des dieux,

Qui, bravant du soleil le regard radieux,

Dans tes serres, dit-on, emportais le tonnerre,

Tu vis pour nous. Longtemps j'avoisinai ton aire (7),

Et quand je te voyais, d'un essor sans rival,

Monter encor plus haut que ton sommet natal,

Avec ton vol sublime aux zones éternelles

Mon esprit s'élevait emporté sur tes ailes.

Mais laissons-le bien loin de nos yeux éperdus

Planer,... et, de la nue ici redescendus,

De plus touchants tableaux que l'aimable surprise

Par de plus humbles traits nous charme et nous instruise.

La fleur naît, et déjà rayonne le printemps ;

La nature revêt ses habits éclatants :

Voyez ce mou duvet, cette mousse si fine

Que le joyeux oiseau suspend à l'aubépine ;

Là son bec architecte apprête un doux séjour,

Berceau modèle offert au maternel amour.

Au pied de ce coteau qu'un bosquet vert couronne,

Quelle est au sein de l'air la chanson qui bourdonne?

C'est l'insecte exhalant son hymne vers le Ciel,

C'est l'abeille pour nous cueillant l'or de son miel.

Mais rentrons sous mon toit... Qu'y vois-je? L'hirondelle,

Ce voisin familier qui m'effleure de l'aile,

Frileux et visitant deux climats tour à tour,

Ponctuel au départ... mais fidèle au retour!

J'entends d'ici gémir au loin dans la campagne

Le jeune tourtereau dont la douce compagne

Hier est tombée aux mains de l'avide oiseleur,

En laissant son ami seul avec sa douleur;

D'un incurable amour victime infortunée,

Il pleure et sert d'exemple à l'humain hyménée.

Qu'auraient produit de chair ces amas corrompus

Dont de nombreux vautours se sont ici repus?

Ils eussent d'un poison souillé notre atmosphère.

Ces féroces oiseaux, par leur faim sanguinaire,

Ont pour nous de la mort conjuré le danger,

Et leur voracité sert à nous protéger,

Comme le loup, le tigre, et la panthère avide,

Qui contre un grand fléau deviennent notre égide (8).

Petit ou grand, jamais nul être n'a volé

Qu'à l'existence Dieu n'eût pour nous appelé.

De l'autruche sa main dessina la figure,

Et son puissant compas mesura l'envergure

De ce coursier ailé, trop lourd fardeau des airs,

Dont la masse en un jour traverse les déserts (9).

Il fit le roitelet, ce souverain pygmée,

Dont le corps gracieux se perd dans la ramée,

Dont le vol n'est qu'un saut, dont le chant n'est qu'un son;

Le royaume une haie, et le trône un buisson;

Et ces divers oiseaux de forme si contraire

Naquirent pour servir à l'homme ou pour lui plaire.


Ainsi dans les oiseaux que de divins trésors!

Comme eux tous, composés de merveilleux ressorts,

Les animaux vivant sur la terre elle-même

Pour nous aussi du Ciel sont un bienfait suprème.

En eux l'homme rencontre un mets, un vêtement,

Un secours, et parfois même un enseignement.

Il les subjugue tous; il arrache avec gloire

Au lion sa dépouille, à l'éléphant l'ivoire.

Malheur si quelques-uns dans le néant rentraient!

Une espèce de moins,... et toutes périraient.

Privez de leur chameau les steppes d'Arabie,

Les sables abyssins, les déserts de Lybie,

Et de l'Atlas au Nil, du Nil à l'Yemen,

Vous aurez effacé les pas du genre humain.

Toi-même vivrais-tu, race hyperboréenne,

Si Dieu n'eût daigné faire exprès pour toi le renne?

Même au pôle habité par d'éternels hivers,

Vivent, meurent pour nous des animaux divers.

La science à nos yeux se décore d'hermine;

La frileuse beauté s'orne de zibeline;

Une peau fauve ajoute à de riches atours,

Et le manteau d'un czar fut la robe d'un ours.

Martyr laborieux de notre agriculture,

Le bœuf après sa mort nous sert de nourriture.

Tu nourris aussi l'homme, innocente brebis ;

Vivante, sur ton dos il taille ses habits.

Et toi, noble animal, plein de force et d'audace,

Qui, marchant sur mes pas ou dévorant l'espace,

Sous moi, sous mes fardeaux, à mon char attelé,

Sembles répondre : « Allons ! » quand ma voix a parlé,

Oh ! qui, voyant ta fougue et ton obéissance,

Ne pourrait d'un tel don bénir la Providence ?

Mais dans le chien surtout éclate sa bonté :

Le chien est le courage et la fidélité ;

Pour nous jusqu'à mourir le chien pousse le zèle,

Et de l'amitié sainte incarne le modèle.

Malheur à qui le perd et s'afflige à demi :

Qui ne pleure son chien n'aime pas son ami (10).

Voyez ce piége adroit, cette trame fragile

A nos murs suspendus par cet insecte agile ;

Son auteur, que le pied écrase avec dédain,

Nous apprit à filer et la laine et le lin.

Voyez par le travail amassant l'abondance,

La fourmi nous donner des leçons de prudence,

Et dans son humble empire, où vit l'égalité,

Allier sagement l'ordre à la liberté.

Le castor nous apprit l'art des ponts et chaussées;

Il nous coiffe, et par lui nos femmes sont chaussées (11).

Mais admirons surtout ce ver industrieux

Qui, doué d'un talent profond, mystérieux,

File sous nos regards la plus riche parure

Que l'homme ait jamais su ravir à la nature.


Le liquide élément nous prodigue à son tour

Les êtres animés vivant dans ce séjour.

Les habitants de l'onde, aux dépens de leur vie,

Apaisent notre faim, servent notre industrie,

Et de l'humble poisson qui joue en notre étang

Jusqu'au grand cétacée, orgueil de l'Océan,

Tous pour l'humanité se propagent sans cesse,

Et proclament d'en Haut l'ineffable largesse.


« Mais pourquoi, va me dire un incrédule altier,

« Ces menus habitants d'un monde tout entier,

« Innombrables sujets d'un invisible empire,

« Que sans cesse avec l'air par milliers je respire,

« Dans une goutte d'eau peuple atome vivant,

« Et comme dans les flots d'une mer s'y mouvant,

« Qui souvent naît et meurt, et qui sur l'existence

« Au-dessus du néant un moment se balance? »

—Ainsi pour que de l'être il peuplât les confins

Dieu dut se proposer d'inconcevables fins ;

Mais c'est, je crois, surtout pour nous montrer sa gloire,

Que comme la baleine il créa l'*infusoire*.

Aveugle esprit, du beau contemple la splendeur

Partout où du Très-Haut rayonne la grandeur.

L'œil armé de ce verre, enfant de ton génie,

Suis dans ses jeux divers la nature infinie ;

Dis-nous, d'un nouveau monde admirant l'appareil,

L'espace qui s'étend d'une mite au soleil,

Et si pour animer l'impalpable matière

Dieu déploya moins d'art qu'en créant la lumière,

Pour moi tout est empreint de son doigt solennel ;

Rien n'est grand ni petit aux yeux de l'Éternel ;

Il paraît tout puissant dans le ver et dans l'homme,

Et comme il luit au ciel il brille dans l'atome (12).

19

Tel est à nos regards le spectacle émouvant

Des biens que nous puisons dans le monde vivant.

Mais qui songe à ces dons? Qui dans la main divine

D'un œil reconnaissant en cherche l'origine?

Il est plus d'un mortel sincère, gracieux,

Possédant de l'esprit tous les dons précieux,

Aimant la vérité, la cherchant dans l'étude,

Épris de dévoûment, surtout de gratitude,

Et qui, coulant en paix des jours d'or et de miel,

N'imagina jamais qu'ils lui viennent du Ciel;

Dont l'âme, au sein des biens nonchalamment heureuse,

Sur leur Auteur lui seul se montre insoucieuse,

Savoure à tout moment les présents d'un Dieu bon,

Et de la Providence à peine admet le nom.

A l'un de ces esprits, amants de la nature,

Du bonheur d'ici-bas la source la plus pure,

A cet ami du beau, qui fut aussi le mien,

J'adressai, sous son toit, un jour, cet entretien :


Ami, je n'ai pas, moi, la blanche maisonnette

Que Jean-Jacques désire, et qu'Horace regrette;

D'un champêtre destin je ne saurais jouir,

Et les soins de la ville ont tout mon avenir.

Hé bien! sur cette scène où le sort nous défie,

Sais-tu ce qui plairait à ma philosophie?

Elle aimerait un lieu des regards écarté,

Et moins que des oiseaux des hommes fréquenté,

Une maison étroite et presque socratique,

D'où l'œil dominerait un lointain poétique,

Où du matin au soir le soleil d'un beau jour

A mon jardin, à moi fit constamment sa cour,

Où je pusse, tapi sous un toit de feuillage,

M'isoler avec Dieu, penser avec le sage,

Où, cueillant près des fleurs le duvet d'un beau fruit,

Je pusse des humains à peine ouïr le bruit;

Je voudrais, en un mot, dans mon humble cocagne,

Un ami de la ville et l'air de la campagne.


Mais quel enchantement! que vois-je?... trait pour trait

De mon doux idéal c'est le vivant portrait!...

Trop généreux ami, tu viens de m'introduire

Dans l'Éden qu'à mes vœux un rêve avait fait luire!

Je ne m'abuse pas... c'est bien, en vérité,

D'un philosophe heureux l'asile mérité!...

Ce n'est pas un castel de gothique structure;

Mars n'en dessina pas la simple architecture;

Là point de vieux créneaux, point de donjons guerriers,

Point de vieille armoirie, amour des chevaliers,

Dont l'aspect féodal rappelle à la mémoire

La corvée et les preux, le servage et la gloire.

En un temps moins brillant mais un peu plus sensé

Par un art délicat le plan en fut tracé.

J'aime de ce manoir la moderne élégance,

De tes jardins riants la perspective immense.

Que de sites heureux au loin disséminés

Viennent s'offrir ensemble aux regards étonnés!

Au sein de la vallée un ruisseau qui serpente,

La suivant à regret, suit mollement sa pente.

J'aime ces monts lointains, j'aime ces verts coteaux,

J'aime ces peupliers se mirant dans les eaux,

Ces bosquets au hasard plantés par la nature,

Et ces prés ondoyants de fleurs et de verdure.

Quel suave tableau ! que d'air, de mouvement !

Quel plaisir d'admirer ce spectacle charmant,

Quand de l'aube surtout la pompe matinale

Y verse à reflets d'or sa teinte orientale !


Ami, tout ici parle au cœur, à la raison.

Garde-toi d'envier un plus riche horizon :

D'ici tu ne vois pas la mer et son rivage,

Mais aussi tu n'es pas si voisin du naufrage.

Devant toi l'Apennin ne lève pas son front,

Mais du Vésuve aussi tu ne crains pas l'affront.

Tu ne vois pas couler la Seine et la Tamise

T'apportant les trésors de la terre soumise ;

Mais ton âme, paisible en ton joyeux pourpris,

Peut se rire de Londre et même..,... de Paris.


Avide des vrais biens que donne la nature,

Tu t'entoures de fleurs, de fruits et de verdure.

Tu traças sans cordeau, *Le Nôtre* ingénieux,

D'un parterre élégant les contours gracieux ;

Le maçon n'en a pas élevé la clôture ;

Il est, grâce à tes soins, fermé par la nature ;

L'aubépine, le buis, le lilas azuré

Sont l'odorant rempart dont ta main l'a muré.

J'y contemple à loisir cent beautés végétales

Étalant à l'envi leurs parures rivales :

L'œillet et la jacinthe y brillent tour à tour ;

La rose, toujours reine, y tient aussi sa cour ;

Le lis, vieux ornement du royal diadème,

Aujourd'hui de l'oubli mystérieux emblème,

A la riche tulipe y cède enfin le rang;

Tes pavots n'y sont pas complices d'un tyran (13);

De tes camélias la brillante assemblée

Peuple de ce *Tibur* l'avenue isolée,

Là, le myrte verdit pour charmer tes vieux jours

Du tendre souvenir de tes jeunes amours;

Couronne du savant, guirlande du poète,

Ce beau laurier grandit pour ombrager ta tête,

Et, de ce pavillon parfumant les abris,

Le jasmin sur ton front s'arrondit en lambris.

Ici la violette et la chaste pensée,

De tes gazons touffus la pervenche élancée

Reflètent ta compagne, objet délicieux,

Qu'à ta vie embaumée accordèrent les Cieux.

Si de fleurs près de toi le Printemps se couronne,

Vois les dons savoureux que te verse l'Automne;

Vois sur un sol, aimé des solaires ardeurs,

Que de beaux fruits éclos sous tes doigts créateurs!

En cadres verdoyants la fraise succulente

Révèle sous tes pas sa saveur odorante;

Ici du doux melon gît l'ovale trésor,

Plus loin, la pêche étale et sa pourpre et son or.

Au rameau qui fléchit, là, la poire en cadence

Sous le souffle de l'air mollement se balance;

Tu cueilles tour à tour dans ton riant verger

La grenade écarlate, et l'or de l'oranger,

La mûre aux grains moirés, la piquante groseille,

Sous son toit verdoyant comme un rubis vermeille,

20

Le fruit du noisetier qu'une robe revêt,

Et l'amande aplatie, au cotonneux duvet,

Lucullus eût donné sa cerise d'Asie

Pour celle dont chez toi je cueille l'ambroisie.

Eh! qui ne chanterait tes abricots exquis

Par un autre héros dignes d'être conquis?

La prune au nom royal et la pomme *fatale*

Précèdent à tes yeux la figue provençale,

Et sous tes dômes verts le muscat parfumé

Pend en bouquets vermeils sur ton front embaumé!


Mais, encore éblouis de l'éclat de tes treilles,

Mes yeux de tes bosquets admirent les merveilles,

Ce bois que tu plantas, rempli d'ombre et de frais,

Pour son maître tient lieu des plus vastes forêts.

Par quel caprice heureux de mystère voilées,

En sinueux détours se perdent tes allées !

Là, souvent La Fontaine ou Virgile à la main,

Tu descends avec eux au fond du cœur humain,

Ou, remontant aux jours de la simple nature,

De l'âge des pasteurs tu revois la peinture ;

Avec eux tu t'assieds à l'ombre des ormeaux,

Et ta bouche avec eux enfle leurs chalumeaux ;

Là, du monde oubliant la vague inquiétude,

Tu relis Zimmermann vantant la solitude,

Et ces traits où, censeur de ce bas univers,

Molière en souriant fustige nos travers ;

Mais tu reviens surtout aux pages ingénues

Qui peignent l'âge d'or, et les Grâces pieds nues,

Et songes à l'aspect de tableaux si touchants

Que, fuyant les cités, le bonheur vit aux champs.

De ce séjour sur nous qui ne connaît l'empire?

Là tout plaisir est pur comme l'air qu'on respire,

Chaque objet à nos sens offre un attrait nouveau;

Là le soleil se lève et se couche plus beau;

Le silence des nuits est plus mélancolique,

L'esprit est plus actif, la beauté plus pudique;

Une teinte plus riche y colore les fleurs;

La Nature à ses fruits donne plus de saveurs.

Là tout mets est exquis, tout vin est délectable,

Et toujours l'appétit est le premier à table.

C'est le pays des jeux, l'asile du repos;

Le sommeil à plaisir y verse ses pavots,

L'amitié, plus suave, y pénètre mieux l'âme,

L'amour même y nourrit une plus vive flamme,

Et tout rappelle au cœur les jours du bon vieux temps
Où les hommes vivaient moins fiers et plus contents.


Heureux qui comme toi, loin des traits de l'Envie,
Sous un toit isolé peut abriter sa vie,
Qui fuit de la cité les plaisirs soucieux,
Et borne ses désirs au champ de ses aïeux !
Riche de paix, d'étude, et d'ombre et de silence,
Sa fière austérité dédaigne l'opulence;
Il brave en souriant les piéges du destin,
Et ses plaisirs sont purs comme l'air du matin.
Chaque jour il assiste au lever de l'aurore,
Et peut voir le soleil jusqu'au couchant qu'il dore.
Chacun de ses regards embrasse l'horizon,
Et pour lui de jouir luit toujours la saison.

Ainsi, des mois divers bravant le vol agile,

Il vit sous chaque signe heureux dans son asile;

Il sent que les honneurs sont un pompeux lien,

Que l'on est assez grand lorsque l'on fait le bien,

Et qu'on doit mettre aux pieds de la philosophie

Les tristes vanités que l'erreur déifie.

Transfuges innocents des splendides séjours,

Aux champs les vrais plaisirs se disputent ses jours;

Ils peuplent en tout temps sa retraite chérie.

Saturé de pensées, et las de rêverie,

A l'aide d'un long fil emmanché d'un roseau

Tantôt il va tromper les habitants de l'eau,

Et dans son clair vivier où leur troupe foisonne,

Il pend à l'hameçon la carpe trop gloutonne;

Tantôt, ambitieux de plus bruyants exploits,

Il saisit son tonnerre, et, Jupiter des bois,

Aux cris d'un chien fidèle il court d'un pas rapide

Foudroyer la perdrix ou le lièvre timide,

D'autres fois sur le dos d'un coursier sans rival

Il s'élance, et de l'air semble voler l'égal.

Couché sur le gazon de ses vertes allées,

Il regarde, le soir, ses brebis rassemblées

D'un pas hâtif et court regagner le bercail,

Et suivre le bélier tout fier de son sérail,

Ou contemple en ses prés, au gré de leurs caprices

Sur l'herbe épaisse errer ses bœufs et ses génisses,

Pendant qu'un rossignol, amoureux de ses bois,

Module des chansons qu'achèteraient les rois,

Et que d'un clair ruisseau, l'eau, par ses sons ravie,

Murmure le sommeil, doux oubli de la vie.

Ainsi, fuyant la ville et son air suborneur,

Ami, tu sus ici rencontrer le bonheur,

*Le bonheur!...* loin des murs dont le bruit le repousse,

Il s'assied, isolé, sur des tapis de mousse,

S'endort sous les rameaux qu'agitent les zéphyrs,

Du ramier gémissant écoute les soupirs,

Suit l'aigle dans les airs et le cerf dans les plaines,

Se mire avec les fleurs au cristal des fontaines,

Danse avec les bergers aux accords du hautbois,

Et n'épousa jamais qu'une vierge des bois (14).


Trop heureux possesseur d'une humble solitude,

Que la verdure abrite, et que berce l'étude,

Où le vain bruit de l'homme à tes pieds vient mourir,

Ici tu te sens vivre et penser à loisir;

Ici, de vrais amis en secrète audience

Tu convoques parfois une sainte alliance

Qui, libre d'importuns et vide de chagrin,

En bénissant Noé, se remplit de ton vin,

Ton vin, dont le teint pur et la saveur fumeuse

Nous rappellent d'Aï la colline fameuse,

Chassent les noirs soucis, et, versant la gaité,

Font oublier la mort au convive enchanté.


Sur tes gazons, au sein de tes fleurs odorantes,

Au bruit doux et rêveur de tes eaux murmurantes,

Ami, pour célébrer les délices des champs,

Si j'ai pu moduler de poétiques chants,

Désormais, enivrés de plus pieux délires,

Chantons la Providence, elle aussi, sur nos lyres;

21

Elle a fait tous ces biens auxquels je suis admis,

Et Dieu voudrait compter au rang de nos amis,


A ces mots, que mon cœur avait mis dans ma bouche,

Mon noble ami répond que mon zèle le touche.

« C'en est fait, me dit-il, oui tes vœux sont les miens,

« Et j'aimerai ce Dieu père de tous les biens. »

Dès ce jour confondant notre reconnaissance,

Et bénissant le Ciel au sein de l'abondance,

Nos cœurs dans nos plaisirs ont vu le Créateur,

Et, savourant la vie, ont chéri son Auteur (15).


FIN DU TROISIÈME CHANT.

# QUATRIÈME CHANT

# LA PROVIDENCE

## QUATRIÈME CHANT

### ÊTRE ORGANISÉ INTELLIGENT

#### L'HOMME

L'Éternel avait dit : sa parole féconde

Au néant étonné fit enfanter le monde,

A la matière inerte elle dicta des lois,

Suspendit les soleils échappés de ses doigts,

Régla de leur essor la naissante harmonie,

Et lança l'univers dans sa course infinie.

Teint d'or et de saphir, auguste et gracieux

Déjà se déroulait le pavillon des cieux ;

Couverte d'animaux, et de fleurs couronnée,

La terre se mouvait dans sa sphère ordonnée ;

Mais tout n'était pas fait dans ce brillant séjour :

Il y manquait encor la prière et l'amour.


Alors Dieu résolut de mettre au jour un être

Qui, plus grand que le monde, en adorât le Maître.

Dans un corps, merveilleux chef-d'œuvre de beauté,

Sa main sculpta la grâce avec la majesté ;

Puis il intronisa dans ce palais une âme

Qu'il alluma d'un souffle aux rayons de sa flamme (1).

L'homme fut : du Très-Haut ce fidèle miroir

Comme lui put sentir, connaître, aimer, vouloir.

Ce fut l'esprit visible en des sens diaphanes.

Dieu voulut qu'il fût grand même dans ses organes.

Il lui mit dans la voix un son mélodieux,

L'amour dans le sourire, et le ciel dans les yeux ;

Au front il lui grava son empreinte profonde,

Et le créa debout pour commander au monde (2).

Puis il lui dit : « Ici sois le chef et le roi ;

« Que tous les animaux fléchissent sous ta loi ;

« Je t'ai fait à leurs yeux imposant et terrible ;

« Ils me verront en toi, moi restant invisible (3).

« Le soleil mûrira tes moissons et les fruits ;

« Il luira sur tes jours, la lune sur tes nuits.

« Candidat sans rival au sein de la nature,

« Je te couronne roi de toute créature.

« Le ciel sera ton toit, la terre ton jardin,

« Et je viendrai souvent te voir dans cet Éden. »

Tel fut, est-il écrit, l'homme à son premier âge,

Fils aîné du Très-Haut, et son récent ouvrage,

Plongé de toutes parts dans sa divinité,

L'homme de son Auteur comment eût-il douté ?

De l'univers naissant l'éclatante structure

A son œil vierge encor dévoila ta nature,

Seigneur; au firmament il lisait tes grandeurs,

Respirait tes bontés dans le parfum des fleurs,

Et, dans lui-même enfin admirant ton image,

De toute sa splendeur te rapportait l'hommage.

Modeste sous des traits dont la noble beauté

De la création parait la majesté,

Il n'arrêtait sur eux sa vue encor tremblante

Que pour la relever vers leur source éclatante.

Oui, grand de ta grandeur, brillant de tes rayons,

Humblement abaissé sous le poids de tes dons,

Il payait tes faveurs par la reconnaissance,

Et s'élevait encor par son obéissance.

Mais, hélas! abusé par la voix de l'orgueil,

L'homme de sa vertu lui-même fut l'écueil.

Un jour il détourna de son auguste Maître

Ses regards trop longtemps repliés sur son être.

Par ses propres attraits vers lui-même entraîné,

Il oublia la main qui l'en avait orné.

Pour maître il ne veut plus du Maître du tonnerre;

Il le relègue aux cieux pour usurper la terre.

Bientôt le Dieu vivant de sa mémoire a fui;

L'homme de l'Éternel est tombé... jusqu'à lui.

22

De front avec sa mère, appui de son audace,

Tel l'aiglon de son aire élancé dans l'espace,

Au mépris du soleil est monté vers le ciel,

Et plane soutenu du regard maternel ;

Suivant d'un fol orgueil l'assurance perfide,

Ose-t-il s'écarter du soutien qui le guide,

Sa jeune aile fend l'air d'un impuissant effort,

Et, tombé dans l'abîme, il y trouve la mort.

Ainsi l'homme, de Dieu reniant la tutelle,

Se prépara d'erreurs une source éternelle.

Bientôt le Créateur à son regard trompé

D'un voile ténébreux parut enveloppé.

On le vit, divisant cet Être indivisible,

Morceler l'Infini pour le rendre sensible,

Et sur toute la terre à des dieux impuissants

D'une crédule main offrir des flots d'encens.

Toutefois, même au fort de sa folle imprudence,

Toujours le genre humain crut à la Providence,

Et tout culte ici-bas proclama ses bienfaits.

Ah! contemplons en nous ses dons les plus parfaits!

D'un temple merveilleux nous sommes la ruine;

Mais ce débris encor prouve une main divine.

En nous de sa bonté que de témoins divers!

Que de marques d'amour au sein de nos revers!

Que de grâces encor malgré la décadence

Dont le visible sceau flétrit notre existence!

Ces présents d'un Dieu bon, sans cesse renaissants,

Ne livrent pas notre âme au seul bonheur des sens.

Le pain de chaque jour, et l'air et la lumière

Ne sauraient assouvir en nous que la matière;

Il est une autre faim des cœurs et des esprits :

De science et d'amour ils naquirent épris.

Combien Dieu satisfait, pour ennoblir notre être,

Ce sublime besoin d'aimer et de connaître!

Le bonheur de savoir cède à celui d'aimer;

Mais le Ciel pour tous deux a daigné nous former.

Il a livré le monde aux âmes qui méditent,

Oui, le monde à connaître, et les arts qui l'imitent,

Les arts qui des humains racontent la grandeur,

Et des œuvres de Dieu reflètent la splendeur;

Les arts, banquet de l'âme où le beau nous convie,

Aliment de la gloire et charme de la vie.

Pour l'esprit enivré quels doux enchantements!

Mais au cœur sont donnés plus de ravissements.

Il peut, et même il doit (félicité suprême!)

Aimer le vrai, le bien dans sa source elle-même,

Dieu!... Par sa volonté nous recevons le jour

De parents, après lui, notre premier amour.

Plus tard, un sentiment d'ineffable tendresse

De la paternité nous versera l'ivresse.

Nous avons à chérir des êtres qu'a pressés

Le même sein de mère où nous fûmes bercés,

Des frères rappelant à notre âme ravie

Les traits sacrés de ceux de qui nous vint la vie (4).

L'homme jouit enfin de la félicité

De l'amitié fidèle, autre fraternité.


Salut, présent du Ciel, volupté noble et tendre,

Toi que le mauvais cœur n'a jamais pu comprendre,

Mais dont l'âme sensible adore encor les lois,

Amitié, doux besoin des bergers et des rois!

A bénir tes attraits tout m'invite et me presse;

Dès mes plus tendres ans tu fus ma seule ivresse.

Jeune encor, de tes fruits je goûtai les douceurs;

Mais tu me fis aussi verser les premiers pleurs (5).

A cet âge, sortant des mains de la Nature,

A tes charmes divins l'âme s'ouvre plus pure :

Tel un lis embaumé dont le bouton récent

Se déploie aux rayons du soleil renaissant.

L'homme, de ton rival ignorant le délire,

Vit pour toi seule encor, pour toi seule soupire,

Et dans l'heureux présent contemplant l'avenir,

Voit dans ta volupté son éternel plaisir.

Comme le nautonnier qui des bords de son île

Pour la première fois détache un bois fragile,

Et des zéphyrs légers saluant le secours,

Croit que seuls dans sa voile ils frémiront toujours,

Tel le jeune mortel ne peut prévoir encore

L'orage dont les feux respectent son aurore.

O temps plein d'ignorance et pourtant enchanté,

Vaux-tu moins que le jour où nous vient la clarté?...

Douce amitié, ta flamme en notre âme attendrie,

Loin de céder au temps, par le temps est nourrie;

Sur des cheveux blanchis de la neige des ans

Tu te plais à poser tes doigts rajeunissants.

Semblable au jus vermeil pétillant de vieillesse,

L'âge accroît ta vigueur et ta délicatesse.

Quels charmes sous les cieux égaleraient les tiens!

Par toi quelques mortels, unis de doux liens,

Des maux sans se troubler boivent la coupe amère;

Leur bonheur est constant, et leur peine éphémère.

Sans l'appui généreux d'un immortel ami,

Pour un père à venger Oreste eût-il grandi?

Que ne peut l'amitié sur les plus fiers courages !

Celui qui de Calchas dédaignant les présages,

Vola pour y mourir aux plaines d'Ilion,

Qui fit tomber Hector, pâlir Agamemnon,

Dont l'âme, aux flots du Styx avec le corps trempée,

Des traits de la Douleur ne fut jamais frappée,

Dépouillant tout à coup de farouches vertus,

Pleure !... Mais c'est Achille, et Patrocle n'est plus !...

Il est deux noms encor plus chers à la mémoire.

Que de pleurs ont mouillé leur émouvante histoire !

D'un sentiment sublime éternels monuments,

Damon et Pythias, de vos deux cœurs aimants

Trois mille ans ont redit la tendresse héroïque,

De la fidélité symbole pathétique !

Tels furent, Amitié, tes bienfaits merveilleux

Aux temps si loin de nous mais plus voisins des cieux

Où, dans leur feu sacré puisant tes nobles flammes,

D'une pure chaleur tu réchauffais les âmes.

Dans notre âge de glace il n'est bruit que de toi;

Mais la bouche t'honore, et le cœur fuit ta loi.


Eh! quoi! pour vivre heureux dans ma propre allégresse,

S'écrira l'égoïste, engraissé de mollesse,

Quel besoin ai-je, moi, d'êtres qui me soient chers?

Pour me mouvoir, pour vivre ai-je besoin d'un tiers?

Oui, pour être tu dois partager l'existence.

Vois de l'épais Mondor la superbe opulence;

Tout lui rit, et ses jours, tissus d'or et de soie,

Plongent dans des flots d'aise où son âme se noie :

D'un palais somptueux l'architecture altière,

Où l'art a surpassé l'éclat de la matière,

Des lambris, cieux d'azur d'or splendide étoilés,

Vingt esclaves au son d'une voix rassemblés,

De moelleux vêtements teints à l'eau du Pactole,

Un peuple de flatteurs aux pieds de leur idole,

Un char étincelant dont l'édredon soyeux

Le reçoit tour à tour conduit sous tous les cieux,

Pour ton riche voisin que de bonheurs factices !

Et pourtant ce Crésus, tout perdu de délices,

En livrée après soi traîne le noir souci :

C'est qu'il est heureux seul... il lui manque un ami.

Un ami ! le plus doux des trésors de ce monde,

Qui dépasse le prix des perles de Golconde,

Qu'aux filons du Pérou le cupide mineur

Ne découvrit jamais, pas plus que le bonheur ;

Un ami ! d'un Dieu bon le présent le plus rare,

Que ne peuvent donner le trône et la tiare,

Qui du riche hautain fuit le seuil fastueux ,.

Et s'assied au foyer du pauvre vertueux !

Un ami ! ce remède à la gloire, à l'envie,.

Cet ange qui nous aide à traverser la vie,

Ce doux miel de l'Hymette aux âmes apporté,

Que Racine goûta, que Virgile a chanté,

Qui pendait en rayons sur la lyre d'Horace,

Que Despréaux cueillit aux ruches du Parnasse,.

Qu'Henri-Quatre connut, qui soutint Fénelon,

Et sur un roc désert suivit Napoléon !


O divine Amitié! si l'homme de notre âge

Apporte à tes genoux un plus timide hommage,.

Il t'honore pourtant de loin, et ton autel

Est comme la vertu parmi nous immortel.

Le sage avec ardeur, sans trouble et sans alarmes,

Comme à tes plus beaux jours s'abreuve de tes charmes,

Et, de son astre pur te confiant le cours,

Vit pour toi loin du bruit et des fausses amours,

Quand l'airain tintera pour son heure dernière

Tes lèvres sous des pleurs fermeront sa paupière,

Ta main, en haut tendue, et pour signe d'adieux,

Lui montrera du ciel le chemin radieux,

Et sur ses jours éteints ta voix saura répandre

Le tribut de regrets qu'un sage a droit d'attendre.

Il aura donc vécu..... Non, laissant un ami,

Le sage vit encore, et n'est mort qu'à demi.

Amitié, de mes chants reçois ce faible gage;
Que n'est-il à ta gloire un immortel hommage!


Qu'il est doux de pouvoir au fond d'un cœur aimant
Se plaire à dilater ce noble sentiment!
Ah! combien il est doux d'aimer une patrie,
D'aimer des malheureux la famille flétrie!
Le pauvre, comme nous enfant de l'Éternel,
A sur nous le droit-né d'un amour fraternel.
Que sa plainte jamais ne nous soit importune.
Ah! sachons dans autrui sentir chaque infortune;
Soyons endoloris de toutes les douleurs,
Souffrons de tous les maux, pleurons sur tous les pleurs;
De nos cœurs attendris n'écartons que la haine,
Embrassons dans nos vœux toute la race humaine,

Et par là nous verrons notre félicité

Dans notre âme grandir comme l'humanité!


Insensé qui croira la gloire sans envie,

Le plaisir sans dégoût, et l'or sans insomnie.

Ces vains hochets, à qui l'on dresse des autels,

N'ont jamais dispensé le bonheur aux mortels.

Dieu seul départ à tous ses secours tutélaires;

A tous sont les vrais biens ainsi que les misères;

A chacun est donnée une place au soleil,

Même repos la nuit, même jour au réveil,

Et par la même voie ils doivent tous se rendre

Dans le lit sombre et froid où dormira leur cendre.

Entr'eux il n'est, au fond, nulle inégalité

Qui du Père commun accuse la bonté.

Nul ne vit sans bonheur, nul ne vit sans souffrance ;

Ils se partagent tous le pain de l'espérance ;

Par chacun d'eux le mal doit être combattu ;

Ils diffèrent pourtant..... mais c'est par la vertu.

Oui, le sort le plus doux appartient au plus sage,

Qui de la liberté fait le plus digne usage (6).


Ainsi tout n'est pas bien ; aux sentiers d'ici-bas

Plus d'un achoppement se dresse sous nos pas ;

Le mal existe, hélas ! et sur la race humaine

De tout temps en pesa l'inexorable chaîne.

Le biblique poète, au luth mouillé de pleurs,

Qui jadis soupira l'hymne de nos douleurs,

Job dit avec raison : « Ici-bas tout travaille,

« Tout gémit, et la vie est un jour de bataille.

« L'homme, court d'existence et de la femme né,

« Est rempli de misère en son chemin borné (7), »

Il n'est aucune tête à l'abri de l'orage;

Toujours dans notre ciel passe quelque nuage;

Il n'est pas d'horizon si limpide et si pur

Dont quelque vent jaloux ne ternisse l'azur;

Quelque ronce toujours hérisse notre route;

Le bonheur est un miel que verse goutte à goutte

Un avare calice à nos jours les meilleurs,

Et la coupe à longs traits doit être bue ailleurs.

Mais pourquoi de nos maux exhausser la mesure

En les disant plus lourds et plus grands que nature?

Sous notre imprévoyance, officieux rideau,

Dieu les cache, ou l'espoir allége le fardeau (8).

Pour nos sens délicats la douleur si cruelle

Veille à notre salut comme une sentinelle,

Et, repoussant tout choc à la vie étranger,

En nous le signalant éloigne le danger.

Aux yeux d'un art sauveur la triste maladie

N'est souvent qu'un effort protecteur de la vie.

La fièvre est un orage en nos corps excité,

Qui passe, et qui nous rend l'air pur de la santé.

Peut-on sans blasphémer maudire la vieillesse (9)?

Comme un beau diadème elle ceint la sagesse;

Au monde elle est un long et moins pénible adieu

Qui plus saints pas à pas nous mène jusqu'à Dieu.

Et toi, spectre hideux, que si fort on redoute,

O Mort! qu'es-tu? réponds. — « Le terme de la route,

« Le but mystérieux où tout tend ici-bas,

« La fin de tes labeurs, la fin de tes combats,

21

« Le calme après l'orage, et la rade tranquille

« Où ton fragile esquif doit trouver un asile,

« L'épreuve que le juste endure sans effort,

« Le mystique *tunnel* qui mène à l'*autre bord,*

« Pour toi des cieux ouverts l'angélique message

« Qui doit vers l'Éternel te frayer un passage!...

« Une folle terreur a faussé mes portraits;

« Je gagne à ce que l'homme ose me voir de près;

« Je fais peur au méchant que le remords bourrèle,

« Mais je souris au bon abrité sous mon aile. »

— Tu ne mens pas, ô Mort! De cette vérité

Aucun lieu, sur la terre, aucun temps n'a douté.

Elle est au cœur de tous; sur notre heure dernière

Avec éclat surtout en descend la lumière;

L'ombre fuit devant elle, et ce rayon divin

Nous verse de tes coups le sublime dédain.

De la bonté du Ciel quelle preuve plus sainte?

Si le malade a peur, le mourant est sans crainte.

O prodige! quand l'homme est si près du trépas,

Son âme le méprise ou ne le prévoit pas.

Ainsi, pour adoucir le dernier sacrifice,

La clémence désarme encore la justice;

Et l'homme, quittant pur et martyr ce bas lieu,

Sans doute comme *Étienne* entrevoit déjà Dieu (10).


O toi, de qui parfois la folle extravagance

De Dieu voudrait douter ou de sa providence,

Viens, suis-moi vers ce lit ou plutôt ce tombeau,

Et vois-y resplendir l'éclat de son flambeau;

Approche sans effroi de cette forme étique,

De ce pâle fantôme... Hélas! c'est le phthisique.

Oui, le voilà bien tel que jadis trait pour trait

Le puissant Hippocrate en traça le portrait (11).

Regarde cet œil cave où la vie est voilée,

Et cette peau blafarde aux os aigus collée ;

Entends, si tu le peux, le souffle haletant

Exhalé de ce corps épuisé, tremblottant,

Et ces mots brefs, cassés, qui, comme autant de plaintes,

Expirent saccadés sur ces lèvres éteintes.

Une âme habite encore un si triste séjour ;

Mais va-t-elle y rester seulement un seul jour,

Un moment?... On dirait qu'enfin elle s'envole

A chaque mouvement, avec chaque parole.

Autour du moribond toute espérance a fui ;

Elle est morte chez tous..... mais elle vit en lui.

Celui pour qui demain serait presque un prodige

Promène son esprit de prestige en prestige ;

Insensible au présent, il vit de souvenir,

Et sous des teintes d'or entrevoit l'avenir.

Loin de lui d'aucun mal la pensée importune;

Tout lui rit : les humains, la gloire, la fortune;

Et quand chacun gémit sur son funèbre sort,

Lui, même sans la voir, il joue avec la Mort;

L'espoir luit jusqu'au bout à son âme ravie,

Et ne s'éteint qu'avec la flamme de la vie (12).


Viens encore, sceptique : un miracle nouveau

A tes yeux va surgir dans un autre tableau.

La résignation, fille de l'espérance,

Surpasse même, ici, l'heureuse imprévoyance.

Vois cet homme expirant : il fut ami du bien,

Fidèle époux, bon père et zélé citoyen;

De tous ses jours au Ciel il offrit l'humble hommage,

Et par la charité fut surtout son image.

Il sait qu'il va mourir,... et d'un cœur résolu

« Soumettons-nous, dit-il, puisque Dieu l'a voulu! »

Tout entier aux devoirs que ce moment impose,

Tranquille, à tout quitter son âme se dispose.

A ce qu'il aime il tend sa défaillante main,

Et ses yeux, pleins d'espoir, semblent dire : A demain!

Dans sa bouche sans voix quand s'éteint sa parole,

Encore du regard il embrasse, il console

Des amis consternés, une famille en deuil;

Il semble triompher et sourire au cercueil.

On dirait qu'un esprit des zones éternelles

Est là qui, secouant le parfum de ses ailes,

Fait luire à ses regards la divine splendeur,

Et que du ciel ce juste a respiré l'odeur (13).

Sa vie enfin s'éteint comme un souffle exhalée,

Et de la terre au ciel l'âme s'en est allée,

En laissant sur un front plein de sérénité

Comme un rayon de joie et d'immortalité.

Tel de brillants reflets le couchant se colore

Quand le soleil se cache aux bords des cieux qu'il dore.


De la mort même ainsi se voile la douleur;

Mais il est en ce monde un plus triste malheur.

Pourquoi le mal de l'âme? Hélas! pourquoi le crime (14)?

Mystère! Vainement je sonderais l'abîme;

Mes regards ne sauraient en atteindre le fond.

Dois-je donc m'étonner si dans son sein profond

Dieu de certaines lois cache l'énigme obscure,

Quand pour moi tout se voile au sein de la nature?

Pourquoi le crime? hélas!... Demande donc aux Cieux

Pourquoi ce noir manteau qui les cache à tes yeux

Quand l'orage paraît; demande à la tempête

Pourquoi tout ce courroux qui gronde sur ta tête;

Pourquoi le vent, la foudre et tous les éléments

Bouleversent la terre et les flots écumants;

Par quelle volonté sur la terre et sur l'onde

Après tous ces combats règne une paix profonde,

Et comment du désordre et de ces chocs divers

Naît un parfait accord au sein de l'univers :

Ainsi du mal commis la sagesse infinie

Dans le monde moral fait jaillir l'harmonie.

Des décrets éternels respecte la hauteur,

Courbe un esprit créé devant le Créateur;

De ses secrets desseins adore le mystère;

S'il a permis le mal, il ne saurait le faire.

Le vice, triste abus de notre volonté,

Est, comme la vertu, fils de la liberté.

Toutefois, ô pécheur, même après ton offense,

De désarmer le Ciel ah! conçois l'espérance :

Au criminel il tend sa secourable main;

Le coupable d'hier peut être pur demain.

La bonté du Seigneur égale sa justice;

De l'immonde sentier où nous traîne le vice

Il a dit au remords de nous faire sortir,

Et sa miséricorde a fait le repentir.

Il créa la prière, à la voix suppliante,

Et l'expiation, austère, pénitente;

Il écoute le cri de nos saintes douleurs,

Et, pleine de pardons, sa main sèche nos pleurs.

De l'innocence ainsi nous recouvrons les charmes,

Et notre cœur contrit se lave dans ses larmes.

25

De soumettre son âme à la loi du devoir

L'homme avec la raison a reçu le pouvoir.

En vain les passions sur la route du vice

A pas précipités courraient au précipice;

La vertu les réprime, et ces coursiers de feu

Cent fois emportant l'homme ont volé jusqu'à Dieu.

Sur des ailes de flamme ainsi l'âme ravie

S'élève dans le ciel avec le char d'Élie.

Sachons à l'ennemi toutefois résister.

Malheur au faible esprit qui ne sait se dompter,

Qui de ses passions ne peut tenir les rênes :

C'est le nocher qui cède à la voix des Sirènes;

Par un charme fatal hélas! il est bercé,

Et pour lui chaque vice est une autre Circé.

Que ses piéges en nous trouvent autant d'Ulysses.

Oui, craignons sagement de perfides délices ;

Ne livrons notre cœur qu'à d'innocents désirs ;

Pour les rendre plus vrais modérons nos plaisirs ;

Cédons aux seuls besoins que créa la nature.

Nos vœux sont de nos maux la fidèle mesure,

Et tout ce que notre âme ôte à ses vains souhaits

S'ajoute incessamment aux dons qui nous sont faits.

Le riche est pauvre alors qu'il ne sait se suffire,

Et l'on n'est indigent que de ce qu'on désire.

Sachons jouir surtout : fortune, amour, honneurs,

Au passage effeuillons nos rapides bonheurs.

Cueillons dès le matin la fleur épanouie

Que sous nos pas le soir peut-être aurait ternie.

Vivons dans le présent orné du souvenir,

Et remettons à Dieu le soin de l'avenir.

Sans péril, sans dégoût ainsi notre prudence

Savourera les biens que fit la Providence,

Et de nos passions l'élan si redouté,

Deviendra notre essor vers la félicité.

Des voluptés surtout écartons le délire :

Malheur à l'insensé qui vit sous leur empire!

Un jour, au sein des fleurs il voit luire un serpent

Qui jusqu'à lui se glisse, et l'entoure en rampant.

Bientôt de ses anneaux le monstre affreux l'enlace;

A délier ces plis en vain sa main se lasse;

En vain le malheureux se débat et se tord,

Étreint par l'ennemi qui l'étouffe et le mord;

Nouveau Laocoon, plein de rage inutile,

Il succombe, à la fin, sous les nœuds du reptile.

En fuyant les sentiers du monstre venimeux

Évitons un écueil en maux non moins fameux,...

L'orgueil!... Ah! redoutons son amorce traîtresse ;

Craignons l'Ambition, sa fille enchanteresse.

C'est elle qui, fertile en illustres cartels,

A s'entre-déchirer excite les mortels,

Des noires factions ameute les délires,

Sape la liberté, fait crouler les empires,

Parcourt les nations une torche à la main,

Et trop souvent en feu mit tout le genre humain.

Que je hais des combats le métier homicide !

La guerre est, à mes yeux, un vaste fratricide.

De peuple à peuple eh bien ! ce meurtre si cruel,

Ce fléau destructeur est-il tombé du Ciel ?

Non ; de l'homme en fureur c'est le sanglant ouvrage ;

Lui seul, armant la Mort, décrète le ravage.

Oh ! qu'il n'accuse pas le céleste courroux ;

Lui-même du malheur il suscite les coups.

Sans l'aveugle imprudence à laquelle il s'obstine

Aurait-il à subir la peste et la famine?

Pourquoi sur des volcans choisit-il son séjour?

Tel est Herculanum, tel sera Naple un jour.

Lisbonne eût-il péri si la pierre croulante

Avait fait place au bois sur sa plage tremblante?

Oui, Dieu permet les maux, et même entre ses mains

Ils servent trop souvent à punir les humains;

Mais pour les faire naître il n'est pas leur complice,

Et leurs fautes souvent en arment sa justice (15).


Loin de nous un esprit de vertige fatal,

Annihilant le bien, et centuplant le mal.

Ah! de l'exception respectons le mystère,

Et voyons dans le bien la règle salutaire.

Quel ordre généreux règne dans l'univers

A côté d'un serpent ou d'un homme pervers (16)!

Pour un œil dont jamais ne s'ouvrit la paupière,

Que de joyeux regards s'enivrent de lumière!

— « Mais pourquoi le crétin? » — L'Éternel te répond

Par l'âme d'Alexandre et de Napoléon.

Garde-toi d'imiter le sophiste cynique

Qui pour détruire Dieu voudrait le rendre inique.

— « Hé! que me parlez-vous de suprême équité!

« Est-on toujours puni pour l'avoir mérité,

« Et plus d'une infortune, à la voix pure et sainte,

« N'exhale-t-elle pas les soupirs de sa plainte,

« Quand le crime superbe, insultant à ses pleurs,

« Ivre de voluptés, se couronne de fleurs? »

— Ce contraste, il est vrai, peut affliger le monde;

Mais sans nous demander si pour le vice immonde

La coupe du bonheur est pleine jusqu'aux bords (17),

S'il la boit sans frémir à côté du remords,

Et si, propice au bon, le Ciel au lieu de lie

En secret n'a pas mis une douce ambroisie,

Un miel mystérieux, un dictame inconnu

Dans le calice amer qu'il offre à la vertu,

Pour exciter son cœur et calmer sa souffrance

N'a-t-il pas à ses yeux allumé l'espérance?

Et pour récompenser ainsi que pour punir

Qu'importe le présent au Roi de l'avenir (18)?

Pourquoi sur nos destins l'éternelle élégie?

En leur faveur s'exerce une sainte magie.

Une main invisible, aux secrets talismans,

Verse à l'infortuné de doux enchantements.

Tel, sur le sort de qui vous répandez des larmes,

Si vous les lui disiez rirait de vos alarmes.

Il est entre les maux de l'esprit et du corps

Et la paix de chacun de merveilleux accords.

A ses crédules yeux chacun est admirable :

Le sot est plein d'esprit, et la laide adorable;

Le boiteux court au bal, et le bossu Scarron

Fut jadis mille fois plus gai que Maintenon.


Il est pourtant des maux tout remplis d'amertume;

Mais à leur triste fiel notre âme s'accoutume;

En elle chaque plaie a son baume divin;

Dieu console en secret la veuve et l'orphelin (19).

Celui qui fit le cèdre au ciel dressant la tête,

Soutient l'humble roseau pliant sous la tempête,

Et sur un fils unique on voit la mère en deuil

Prier, et non mourir, au pied de son cercueil (20).

26

En face de tableaux si pleins d'heureux prestiges,
De la bonté du Ciel qui nirait les prodiges?

L'insensé seul a dit : « Il est trop loin de nous
« Cet Être au nom de qui vous pliez les genoux;
« Par delà tous les cieux il a caché sa gloire,
« Et l'homme dès longtemps a fui de sa mémoire. »
— Tais-toi, blasphémateur! ton respect apparent
Rapetisserait Dieu pour le faire plus grand.
Sais-tu bien que le ver qui se traîne sous l'herbe,
Et le soleil qui plane en son zénith superbe
Pèsent d'un même poids devant l'Être infini?
Et tu veux de ses yeux que l'homme soit banni!
Penses-tu, pour si haut que tu places son trône,
Que puisqu'il t'a créé jamais il t'abandonne?

Malheur à qui ne croit en sa paternité :
On attaque sa gloire en niant sa bonté !


Mais non ; cette bonté fidèle, persistante,
Marque tous nos instants d'une trace éclatante.
Elle paraît surtout, veillant à notre sort,
Protéger la naissance, et l'hymen, et la mort (21).
Sous les traits les plus doux ces phases de la vie
Peignent la Providence à la vue éblouie.
Qu'on y songe..... on verra le miraculeux sceau
D'un doigt mystérieux empreint sur le berceau.
De deux âmes en vain la flamme spontanée
Semble seule former les nœuds de l'hyménée ;
Avant qu'ici le prêtre eût consacré leurs vœux,
Le contrat des deux cœurs était écrit aux cieux.

Quand un homme se meurt la céleste phalange

S'émeut, et vers sa couche elle députe un ange,

Qui touche sa paupière avec son sceptre d'or,

Et qui ferme les yeux au juste qui s'endort (22).


Silence donc, impie, et toi, douteur, silence!

Pour blasphémer quel temps choisit votre insolence!

Quel siècle a du Très-Haut reçu plus de bienfaits?

Sur quelle ère le Ciel versa-t-il plus de paix?

Voyez-vous la science, aux grands labeurs unie,

Ici-bas désormais n'armer que le génie,

Par lui vers le bonheur creusant de toutes parts,

Soumettant le possible à la presse des arts,

Et faisant ruisseler sur les races humaines

L'abondance des biens avec l'oubli des haines?

Voyez-vous le progrès, géant aux mille bras,

Qui nous montre, pour fruit d'industrieux combats,

Par le fer et le feu la terre traversée,

Un fil d'un pôle à l'autre emportant la pensée,

Et ce coursier fumeux, aux flamboyants naseaux,

Qui dévore le sol et vole sur les eaux?

Voyez-vous, humblement soumis à notre empire,

Le soleil dessiner, et la lumière écrire,

Et, pour unir les mers, les isthmes étonnés

D'être par des vaisseaux désormais sillonnés?

Prélude de l'essor des chars atmosphériques

Où l'homme attellera des coursiers électriques,

Et, sur qui s'élançant ce nouveau roi de l'air

Ira ravir aux cieux les ailes de l'éclair!

Quelle voix parmi nous, du beau préoccupée,

De ces hauts faits sans nom chantera l'épopée?

Poëtes, publiez le grand jour de demain,

Et cet autre âge d'or qui luit au genre humain!


Et toi, mortel sans tache, ou dont le cœur expie,

Foule aux pieds la terreur des dires de l'impie.

Sujet de l'Éternel, va ne crains que ton Roi;

A ce Maître soumis, bannis tout autre effroi;

Élève jusqu'à lui ton cœur pusillanime;

Oui, crois à son pouvoir, à son amour sublime.

Au néant, tu le sais, sa grande voix parla,

Et les astres en chœur chantèrent : « Nous voilà! » (23)

Toi-même n'as-tu pas jailli de sa puissance,

Et son souffle immortel n'est-il pas ton essence?

Il donne aux champs les fleurs, il donne aux mers les eaux,

La rosée à la nuit, leur pâture aux oiseaux ;

S'il revêtit les cieux d'une robe étoilée,

Il habille de lin le lis de la vallée.

Il enfanta la vie, il commande à la mort ;

Il trompe le naufrage et fait luire le port.

De cet œil pénétrant dont il scrute les mondes

Il perce d'ici-bas les ténèbres profondes.

Son regard paternel plane sur nos besoins,

Et toujours sa bonté nous prodigue ses soins.

Il compta les cheveux que comme un diadème

Au-dessus de nos fronts posa sa main suprême (24),

Et sous l'œil vigilant de ce Maître absolu

Aucun ne tombera que Lui ne l'ait voulu.

Il est, au livre saint, de suaves paroles

Où, du plus tendre soin épuisant les symboles,

Celui qui nous fit don de la clarté du jour

Daigne nous assurer d'un ineffable amour.

Il nous garde, dit-il, abrités sous son aile,

Ainsi que de ses yeux il garde la prunelle;

Une mère oubliera le fruit né de ses flancs,

Mais lui-même jamais n'oubliera ses enfants.

Il a mis près de nous, comme près de Tobie,

Un ange qui nous mène, au désert de la vie,

Qui marche à nos côtés, et qui soutient nos pas

Pour que contre la pierre ils ne trébuchent pas,

Qui bannit de nos cœurs la frayeur et le doute,

Et du doigt devant nous montre toujours la route (25).

# Épilogue

Homme, sors, à la fin, de ton profond sommeil.

Quel spectacle enivrant te convie au réveil !

Contemple le tableau dont l'éclat t'environne :

Vois le ciel, du Très-Haut scintillante couronne ;

Vois les splendeurs du jour, les pompes de la nuit.

Au soleil qui montra la route qu'il poursuit ?

Quel est l'Être si grand qu'annoncent à la terre

La flamme de l'éclair et la voix du tonnerre (26),

Qui devance la nue et vole sur les vents,

Qui de la vaste mer dompte les flots mouvants ?

27

Qui sculpta ces grands monts, à la haute encolure,

Et tressa de forêts leur verte chevelure ?

Qui, feignant à nos yeux les plus lointains climats,

Les ceignit de vapeurs, les blanchit de frimas ?

Qui fait filtrer du haut de leurs cimes hautaines

Cette eau qui court laver et féconder nos plaines ?

Qui fit les fleurs ? Qui clôt leur sein pour le sommeil ?

Qui le rouvre aux rayons de l'aube et du soleil ?

Qui comme autant d'écrins les déploie à nos yeux ?

Quelle main a formé ces fruits délicieux ?

Et ces êtres vivants dont s'anime le monde,

Qui peuplent à l'envi l'air, et la terre, et l'onde,

A qui doivent-ils donc leur beauté, leurs concerts,

Leur forme inimitable et leurs instincts divers ?

Et toi, surtout et toi, quel pouvoir te fit naître,

Et d'un peu de limon sut composer ton être ?

Quel Artiste moula ce corps si plein d'attraits?

Qui mesura ta taille et dessina tes traits,

Homme? Surtout en toi quelle insigne puissance

Alluma le flambeau de cette intelligence

Qui connait le présent, vit dans le souvenir,

Et qui dans le passé peut lire l'avenir?

Mais qu'ai-je dit? Eh! quoi! ta pensée incertaine

Ne verrait-elle pas d'une main souveraine

Le sceau, plus fortement qu'en acier, en airain,

Partout en ta faveur sur ses œuvres empreint?

Pour toi ne vois-tu pas une auguste tendresse,

Épuisant de ses dons la suprême largesse,

De ton bonheur, toujours son ineffable but,

A la création imposer le tribut?

Qu'est-ce que l'homme, ô Dieu! pour que votre puissance

Lui verse ces trésors d'amour, de bienfaisance?

Vous donnez à ses jours la chaleur du soleil,

A ses nuits la fraîcheur, la lune et le sommeil;

Vous lui montrez du ciel le splendide mystère;

Vous mûrissez pour lui tous les fruits de la terre;

Vous lui fîtes présent des animaux divers,

Hôtes de l'air, des champs, des fleuves et des mers,

Et, pour que sur ce globe une voix vous réponde,

Vous l'avez, après vous, couronné roi du monde.

A nul autre, il est vrai, ne dut appartenir

Le magnifique honneur de ce sceptre à tenir :

Lui seul conçoit le vrai, lui seul comprend le juste,

Lui seul peut adorer votre puissance auguste,

En lui-même lui seul vous dressant un autel,

Peut vous dire : Être bon, tout-puissant, immortel,

Permets, ô Créateur, qu'heureux de te connaître,

J'élève jusqu'à toi l'hommage de mon être !

Que ce cœur que ta main en moi daigna former

De tous ses battements palpite pour t'aimer ;

Que cet esprit, rayon pâli de ta lumière,

Remonte avec mes vœux vers sa source première ;

Jusqu'au trône sublime où s'assied ta grandeur

Que mon âme vers toi reflète ta splendeur ;

Présent de ta bonté, que ma vertu rayonne

Jusqu'aux anges, fleurons vivants de ta couronne,

Ainsi que du soleil l'éclat éblouissant

Se reflète au cristal d'un verre obéissant !

Pour t'invoquer, Seigneur, au sein de la nature

Je dois prêter ma voix à toute créature.

A nulle autre ici-bas ton pouvoir n'a donné

Un genou pour fléchir devant toi prosterné (27),

Ni ce front qui, scellé de ta grandeur divine,

Se dresse et tend au Ciel comme à son origine.

Daigne agréer, Seigneur, mes timides accents.

Au nom de l'univers je t'offre mon encens.

Si, sourd à tes bienfaits, vers ta grandeur suprême

Le monde ne saurait pousser ce cri : « Je t'aime! »

Puisque ta vérité jusqu'à mon âme a lui,

Je t'aimerai pour moi, je t'aimerai pour lui.

Comme ma vie, hélas! ma prudence bornée

A tes soins, ô mon Dieu, livre ma destinée.

Dans cette courte épreuve, au sein de mes combats,

J'adore ta justice, et ne l'accuse pas.

Toi seul peux, je le sens, apaiser ma souffrance,

Et d'être consolé je nourris l'espérance.

Que ce vœu ne soit pas, ô mon Dieu, confondu!

Fais luire ta clémence à mon cœur éperdu;

Sur moi, sur ce que j'aime ah! calme mes alarmes;

D'en haut tends-nous la main pour essuyer nos larmes....

Ici, quand nous aurons accompli ton dessein,

Daigne nous réunir ensemble sur ton sein,

Et, nous comblant d'amour, à notre âme enivrée

Verse l'heureux oubli de la vie endurée.

Ainsi les cieux, un jour, pourront bien s'ébranler,

Et tes soleils éteints à ta voix s'écrouler;

La terre pourra bien voir sa dernière aurore,

Et rentrer au néant d'où tu la fis éclore;

Mais la source pour nous d'où coule ta bonté,

Seigneur, ne tarira qu'avec l'éternité (28)!

FIN DU QUATRIÈME ET DERNIER CHANT.

# IMMORTALITÉ DE L'AME

28

# IMMORTALITÉ DE L'AME

———————✦———————

Malgré tous les témoignages de la bonté divine répandus dans le monde matériel et moral; malgré tout l'amour que le Ciel prodigue évidemment à l'homme en cette vie, celle-ci resterait encore pour nous un triste et insoluble problème, sans l'espoir d'une existence future. Le cœur et la raison, la religion et la philosophie, les âges passés et le temps présent, tout se réunit pour en proclamer l'indispensable et consolante certitude. A cet égard, l'Ode que l'on va lire, bien qu'écrite depuis assez longtemps, m'a paru devoir servir de complément au poème, où je n'ai fait que montrer la perspective d'un avenir réparateur.

# Immortalité de l'Ame

Des millions d'esprits célestes ne pourraient
m'empêcher de descendre au tombeau; mais
d'innombrables légions d'anges ne sauraient non
plus m'empêcher d'en sortir, à la voix de mon
Créateur.          (*Nuits d'Young.*)

Et pour récompenser ainsi que pour punir
Qu'importe le présent au Roi de l'avenir ?
            (*La Providence*, poëme, ch. 4e.)

L'incrédule m'a dit : « Bannis un vain fantôme;

« Cesse donc de te croire un immortel atome;

« Transfuge du néant sur la terre jeté,

« Non, tu n'es pas issu du séjour de la foudre;

« Sois humble et ne va pas, renégat de la poudre,

« Usurper à demi l'immense Éternité.

« Sous le niveau du Temps ici-bas tout s'efface :

« De Tyr et de Ninive on cherche en vain la trace;

« Palmyre est un débris, Carthage est un hameau.

« Si l'homme après la mort n'est pas une chimère,

« Dis-moi quel lieu fameux fut le berceau d'Homère,

« Et du premier César montre-moi le tombeau !


« Comme un palais caduc élevé sur le sable,

« Un jour doit s'écrouler l'Univers périssable;

« Tout ce qui commença tôt ou tard doit finir;

« Ta foi même le dit : l'Éternité profonde

« Dans son gouffre à jamais engloutira le monde,

« Et le Temps inutile à la fin doit mourir.

« Et l'homme, être d'un jour, qui naît, s'incline et tombe,

« Se proclame immortel le pied sur une tombe !

« Une moitié de lui blasphème en paix la mort !

« Passager d'un moment sur les flots de la vie,

« Il croit que son esquif, au gré de son envie,

« D'un continent sans fin doit atteindre le port !


« Laisse d'un faux espoir l'enivrante fumée,

« Éteins un vœu géant dans un cœur de pygmée ;

« Mortel, devant la mort abaisse ta fierté :

« L'infini ne va pas à ton être fragile ;

« Dieu, quand d'un doigt distrait jadis à ton argile

« Il a jeté le temps, garda l'éternité. »

Si je dois tout mourir, de l'arbre de la vie
Si je dois tout tomber, feuille à jamais flétrie
Que détache en passant un vain souffle de l'air;
Si je dois n'être enfin plus rien après moi-même,
Et voir mes jours comptés tomber au jour suprême,
Comme une goutte d'eau s'abîme dans la mer;


Si mes amis un jour à ma demeure sombre,
Tristes, ne doivent pas escorter même une ombre,
S'ils doivent me laisser le néant pour adieu;
Si celle qu'après moi je laisse désolée,

Elle aussi, par le Temps doit se voir immolée,
Sans espoir de revivre avec moi près de Dieu.

Ah! pourquoi suis-je né? Pourquoi donc, ô ma mère,
A travers tes tourments abordé sur la terre,
De la vie en pleurant ai-je touché l'écueil,
Puisque je suis semblable à la feuille qui flotte,
Et le jouet pensant d'un Dieu qui me ballotte
Entre un berceau qui crie et la nuit du cercueil?

Comme ces feux éclos de l'ombre et de la fange
Qu'une vulgaire peur prend pour un mauvais ange,

29

Et qui meurent au sein de l'abîme ou de l'eau,
Ainsi de mes instants le mobile phosphore,
De la nuit d'ici-bas rapide météore,
S'éteindrait à jamais au gouffre du tombeau.


Mais d'où vient, si je dois à jamais cesser d'être,
Que je reproche au Ciel le jour qui me vit naître?
D'où vient dans l'avenir l'horreur de n'être pas,
Et que les grands labeurs de nos ans si rapides,
De la *jeune Colonne* aux *vieilles Pyramides*,
Sont des autels dressés à la peur du trépas?


Vous qui dans le présent enchaînez l'espérance,
Quel bien laisserez-vous à ma triste existence?

Du vain éclat de l'or mon cœur préoccupé

Se sent pauvre en secret au sein de la richesse;

La coupe des honneurs verse une fausse ivresse,

Et j'ai dit au Plaisir : « Pourquoi m'as-tu trompé? »


Ne venez pas m'offrir, pour unique mémoire,

Le mensonge d'un nom au temple de la Gloire :

L'encens fumera-t-il toujours sur son autel?...

De la félicité vaine et trop courte image,

Ah! tout mortel bonheur excite au cœur du sage

L'inextinguible soif d'un bonheur immortel.


Si nous ne sommes rien au bout de la carrière,

S'il ne reste de nous qu'un amas de poussière,

Pourquoi d'un culte vain honorer qui n'est plus?

Pourquoi donc en tous lieux ce respect pour la tombe,

La mémoire vouée à l'être qui succombe,

Et des vivants aux morts les hommages perdus?


L'*homme* qui, dans les bois, sur les plages lointaines,

Lève un front libre encor du joug des lois *humaines*,

Docile par instinct à l'éternelle loi,

Entoure les aïeux d'un respect noble et tendre,

Et souvent l'œil en pleurs, à genoux, sur leur cendre,

A l'immortalité vient imprimer sa foi.


Mais vous, dont la pensée échoue à la matière,

Qui croyez ici-bas votre existence entière,

Fiers esprits, vous savez la docte antiquité;

Eh bien! de ses erreurs nous dévoilant la trame,

Dites-nous quel Auteur fit le roman de l'âme,

Et quel Roi le décret de l'immortalité?


Chez les Hébreux Moïse en vit briller le zèle;

Même avant Osiris l'Égypte y fut fidèle;

Elle avait précédé Minos chez les Crétois;

A Sparte, avant Lycurgue, elle fut souveraine;

Solon la salua florissant dans Athène,

Et Rome la connut avant les douze lois.


Des siècles entassés bravant la nuit profonde,

Et comme le Soleil illuminant le monde,

La foi d'un avenir, ce flambeau solennel,

Toujours au genre humain fit briller l'espérance;

Et, confondant le vice, éclairant l'innocence,

Comme un vaste fanal luit sur le port du ciel.


Eh quoi! pour la vertu la mort serait ingrate!

Il se serait trompé le sublime Socrate,

Alors qu'en souriant il reçut le poison!

Et le jour qu'au licteur d'un tribun sanguinaire,

Immobile il tendit sa tête consulaire,

Le trépas seulement attendait Cicéron!


L'âme de Regulus ne fut qu'une étincelle!

Un souffle périssable anima Marc-Aurèle!

Un tronçon de colonne a remplacé Trajan!

Et, citoyens proscrits des antres et des tombes,

Les confesseurs du Christ, sortant des catacombes,

Montaient à l'échafaud pour descendre au néant!


Et vous, de mon pays élite noble et pure,

Le temps vous a flétris d'une immortelle injure,

Malgré votre génie et vos brillants travaux;

Vous tous, héros français, quoi! votre âme guerrière

Dort éternellement au sein de la poussière

Que le vent d'Austerlitz pousse vers Roncevaux!


Généreux Fénelon, harmonieux Racine,

La mort a dévoré votre essence divine!

Du créateur du *Cid* il ne reste qu'un nom ;

Turenne ne vivrait qu'aux pages de l'histoire ;

Du plus grand des Louis doit périr la mémoire,

Et sous un marbre éteint gît tout Napoléon !


Quoi donc, à n'être rien il pourrait se résoudre,

L'esprit vainqueur des mers, gouverneur de la foudre,

Qui, compris de lui seul, sait les êtres divers ;

Qui seul peut être bon, qui seul peut être juste ;

Qui seul de l'Éternel conçoit l'image auguste,

Et qui dans une idée enferme l'Univers !...


L'être qui, sans présent, à l'avenir se livre,

Celui qui meurt au monde afin de lui survivre,

Celui qui du malheur porte serein le faix,

Le juste qui ne veut, pour son long sacrifice,

Ni d'humaines faveurs ni de prix qui périsse,

La main qui, dans la nuit, verse aux maux les bienfaits!


Quiconque grand et pur fournit sa destinée

Par la mort sans appel la verrait condamnée,

Et l'homme qui vécut heureux et criminel

Pourrait, de ses forfaits bravant en paix le juge,

Contre lui demander au néant un refuge;

La vertu ne serait qu'un vil piége du Ciel!


De l'Esprit tout puissant la sagesse profonde

Durant l'Éternité conçut le plan du monde;

Entre son œuvre et lui puis tirant le rideau,

Comme au cirque jadis on lâchait une hyène,

Elle eût dit à la Mort : « Accours, c'est ton domaine;

« Que l'Univers demain ne soit plus qu'un tombeau. »


Sur les globes éteints, immense cénotaphe,

La Mort imprimerait pour dernière épitaphe

Ces mots : « Ici tout dort d'un éternel sommeil,

« Le tonnerre a brûlé l'esprit et la matière,

« Et dans ce vaste lit de cendre et de poussière

« L'homme gît endormi sans espoir de réveil. »


De cet affreux soupçon écartons le blasphème;

J'ai besoin, je le sens, de vivre après moi-même;

Froissé dans le présent, j'ai besoin d'avenir ;

Un jour de l'Univers croulera l'harmonie ;

Vous verrez, ô soleils, votre face ternie ;

Plus durable que vous, je ne dois pas finir.


Oui, ce qui pense en moi n'est qu'un brillant mensonge,

La vérité me trompe, et Dieu même est un songe ;

Ma main doit à l'instant briser tous ses autels,

Vains signes d'avenir quand tout est périssable ;

Le crime n'est qu'un nom, la vertu qu'une fable,

Où le bien et le mal sont tous deux immortels.


Devant ce dogme saint toute langue qui fronde,

C'est le tigre ou Néron qui veut du sang et gronde,

C'est du feu déchaîné l'élan séditieux ;

Dans le monde éperdu c'est un long cri de guerre,

C'est la voix du volcan, c'est le bruit du tonnerre,

C'est la mer qui rugit et va battre les cieux.


Dieu dit : Néron n'est plus, les tempêtes s'apaisent ;

Le tigre, le volcan et la foudre se taisent :

Ainsi sera muette un jour l'impiété

Quand, la matière éteinte, à toute intelligence

Le Grand Être à flots d'or versera l'existence

Puisée à l'océan de son éternité.

# APPENDICE

# AVIS

Au moment de réunir et de coordonner les *Notes* que j'avais le dessein de mettre à la suite du Poème, je me suis aperçu que leur nombre et leur étendue déborderaient la portée d'un pareil titre et la place ordinairement assignée à ces sortes d'observations explicatives.

Dès lors, j'ai cru devoir me décider à les circonscrire dans leurs limites naturelles, c'est-à-dire le plus étroites possible, me réservant d'en faire figurer l'excédant, assez volumineux, dans un cadre à part, comme appendice ou commentaire en prose annexé à l'œuvre poétique elle-même, et que je désigne du nom d'*Harmonies providentielles*.

# APPENDICE

AU POÈME

# De la Providence

## HARMONIES PROVIDENTIELLES

Sous ce titre il y aurait, ce me semble, un beau livre à faire. J'avais, le dirai-je, conçu l'ambition de remplir cette tâche; mais je sentis bientôt que pour mener une telle œuvre à fin je n'avais ni la fécondité de conception ni la largeur de coup d'œil indispensablement nécessaires. Pour cela, je ne possédais que le penchant à l'observation des voies de Dieu, surtout dans l'ordre moral, et cette sorte de pénétrante et attentive sensibilité qui en fait

31

deviner quelques-unes. Force fut donc de renoncer
à mon dessein. Mes loisirs ont été, d'ailleurs,
pleinement absorbés par la composition du Poème
destiné à réaliser en partie mes premières vues.

Les réflexions suivantes, qui devaient servir de
base au projet primitif, achèveront le développement
des idées émises dans le Poème lui-même. C'est un
choix de pensées qui, rangées dans un ordre assez
imparfait et sous des cadres peut-être même assez
disparates expriment ce que j'ai recueilli principalement de mes méditations et de mon expérience
personnelle sur les points de la vie qui touchent
l'humanité de plus près. Il en est quelques-unes
qui pourront paraître un peu hasardées et un peu
conjecturales; pour moi, j'ai foi en toutes... paternellement, ce qui n'étonnera personne. Je les donne,
au surplus, sinon comme bonnes, du moins comme
*miennes.*

Pourquoi chaque écrivain n'en ferait-il pas autant?
Pourquoi ne pas révéler à nos semblables et nos
sentiments et nos idées propres, au risque même

de nous tromper à notre insu, plutôt que de nous obstiner, comme on le pratique si généralement, à faire des livres avec des livres, ce qui tend à exclure l'émission de toute vérité nouvelle, sans garantie contre beaucoup d'aberrations éternellement réédi-tées sous de nouveaux noms d'auteurs? Si chacun apportait son contingent d'observations au fonds commun de l'humanité, on verrait s'élever de jour en jour le niveau des notions saines et utiles, sans qu'il y eût à craindre pour cela de voir monter celui des opinions vaines et erronées, qui dès longtemps se trouve avoir atteint le plus haut degré de son *étiage*.

## DE LA CONFIANCE EN LA PROVIDENCE

✿

L'homme doit se pénétrer de cette vérité, que rien n'a lieu fortuitement, et que tout est symétriquement conduit vers un but caché, mais défini et immuablement assuré. Pour des yeux attentifs, la conduite secrète de la Providence se fait partout remarquer. Là où existe un Pouvoir infini il n'y a pas de place pour le Hasard. Nous devrions surtout être intimement et inébranlablement persuadés de la bonté de Dieu, dont tout nous révèle la certitude. Que de faits qui semblent au premier abord funestes et même monstrueux, et qui, considérés sous le point de vue du plan providentiel, sont dans *l'ordre*, et ne provoquent nullement les effets déplorables que l'on en avait pressentis.

La confiance en un Dieu miséricordieux et protecteur doit être entière et absolue. Où est l'homme qui, plusieurs fois en sa vie, n'a pas recueilli des

preuves touchantes de son assistance à la fois cachée
et présente? Ainsi que je l'ai souvent remarqué et
que je l'ai dit dans le corps du Poème qui précède,
l'action suprême et invisible se fait surtout sentir
dans les trois grandes circonstances de la vie
humaine, à savoir, la naissance, le mariage et la
mort. Elle brille aussi dans le choix d'un état
social, autrement dit dans la vocation individuelle,
et dans le secours céleste évidemment attaché à cette
situation grave, secours mystérieux et assidu, que
l'on nomme *grâce d'état*.

Et d'abord, la naissance de l'homme est particulièrement favorisée. Le patronage attentif qui s'y
attache s'exerce même avant qu'elle se produise, et
en surveille l'heureux avénement. Ne craignez rien
pour la femme enceinte. Fût-elle affectée d'une
maladie incurable, et même mortelle à courte date,
elle ne succombera pas qu'elle n'ait enfanté. C'est ce
qui s'observe presque toujours. Au physique comme
au moral, tout semble conspirer pour une heureuse
délivrance. Les circonstances même en apparence

les plus négatives tournent à l'issue favorable de cette grande œuvre de la Providence. Que d'obstacles j'ai vu s'aplanir en ce cas; que de déplacements onéreux, et qui paraissaient inévitables et imminents, j'ai vu comme miraculeusement épargnés à la femme voisine du jour de ses couches. Combien d'autres complications, nées de circonstances si communes à notre époque de tiraillements et de perpétuelle agitation, j'ai vu s'évanouir comme par enchantement, et pour ainsi dire tout juste avant la crise solennelle. Que d'heureux événements, au contraire, j'ai vu coïncider avec elle, même à jour fixe! A cet égard, mon expérience m'a inspiré une telle conviction que je m'avise de prophétiser agréablement dans ce sens, et que l'événement a plusieurs fois réalisé mes prédictions. Chose qui paraîtra toute fortuite et très-singulière, mais qui n'est que de règle à mes yeux, naguère encore deux de mes amis, à chacun desquels je m'étais permis de présager, pendant la grossesse de sa femme, un avantage éminent et désormais inespéré, ont reçu la nouvelle qu'il leur était échu le jour même de la naissance de leur nouvel enfant.

Voilà pour la naissance.

En ce qui concerne le mariage, rien n'est plus fondé que l'opinion générale qui le fait émaner directement de la Providence. Oui, tout le prouve, avant d'être célébrés sur la terre les mariages sont écrits au Ciel. Pourquoi entrer ici dans des développements superflus? Disons seulement : Que de tentatives souvent infructueuses pour marier un jeune homme, qui se détermine instantanément sous un regard de celle qui lui fut providentiellement destinée. Attrait soudain et réciproque, instinctivement conçu en vertu de la loi générale d'harmonie qui doit surtout s'accomplir entre les époux en vue de la procréation et du maintien du type normal de l'espèce humaine..... Je reviendrai sur cette observation en parlant de la *famille*.

L'intervention toute particulière de la Providence est surtout sensible au moment de la mort...... La mort!... pourquoi tant nous en effrayer? Par elle

Dieu couronne tous ses bienfaits envers nous :
celui-ci nous mène directement et immédiatement à
lui, tandis que les autres n'avaient fait que nous
élever moralement vers le Ciel sur les ailes de la
reconnaissance et de l'amour. Je m'étendrai peu ici
sur ce sujet, le plus grave qui puisse être offert à la
méditation humaine. Outre la place assez considérable que j'y ai consacrée dans le Poème, j'en
traite spécialement dans un chapitre de ces *Harmonies*. Je me bornerai à quelques courtes réflexions
que je n'ai exprimées nulle autre part. Non-
seulement Dieu nous donne la force de mourir,
mais il nous donne aussi celle de voir mourir ceux
qui nous sont chers, chose qui serait peut-être plus
difficile encore que la mort elle-même sans l'assistance providentielle, et il nous inspire le courage de
supporter les pertes les plus douloureuses. J'ai surtout observé qu'après la mort des nôtres, des conso-
lations mystérieuses descendent immédiatement dans
notre âme. J'en ai moi-même éprouvé les effets salutaires, et je les ai si fréquemment constatés dans

autrui qu'aujourd'hui leur absence seule pourrait me surprendre. Hé bien! ce secours, en lui-même si étonnant et parfois si inattendu, je l'attribue sans hésiter à l'influence surnaturelle de celui que l'on pleure; sans doute il lui est donné de pouvoir modérer nos larmes, élevé qu'il est dans la région sereine où l'on ne pleure plus.

La Providence nous assiste aussi spécialement dans le choix et dans l'exercice d'un état social (vocation, grâce d'état). Qui n'a souvent eu l'occasion de s'en convaincre personnellement? Combien de fois n'ai-je pas vu disparaître tous les obstacles semés à l'entrée d'une carrière sous les pas de jeunes gens fermes dans leur penchant providentiel; combien de fois devant leur constance invincible n'ai-je pas vu céder et leur intérêt propre et celui des leurs, quelquefois même le caprice orgueil- leusement obstiné, et jusqu'à la cruelle et aveugle tyrannie des familles! Qui ne verrait là l'empreinte marquée d'une influence céleste? Elle éclate aussi dans l'exercice des devoirs attachés aux diverses

32

fonctions sociales, une fois qu'on en est revêtu, et c'est ce qu'on appelle avec tant de justesse la *grâce d'état*. Comment en douter? Voyez seulement le prêtre, le médecin et le soldat. De quelle intrépide fermeté, de quel courage pour ainsi dire surhumain ne sont-ils pas animés dans mille circonstances critiques de leur périlleuse carrière! Je ne suis ni prêtre ni soldat, mais je puis dire avoir été moralement un peu l'un et l'autre, ayant exercé dix ans l'art de guérir. Eh bien! pendant ce long espace de temps, plongé au milieu des circonstances matérielles les plus rebutantes, et quelquefois des épidémies réputées les plus contagieuses au sein d'une population éparse de plus de trente mille âmes, j'ose affirmer n'avoir jamais éprouvé ni terreur ni dégoût. Et pourtant nul homme ne fut jamais plus que moi affecté d'une organisation tristement perméable à toute impression douloureuse du corps et de l'esprit. Qui ne sait l'heureux empire du médecin sur la douleur physique, exercé même par la seule onction de ses discours? Qui n'a remarqué la puis-

sance profonde et instantanée du ministre de la
religion qui console et prépare à mourir..... même
sur un échafaud? Et le soldat, est-ce par le courage
naturel ou par cette sorte de vague et brutal étour-
dissement, né du bruit et de la fumée d'un champ
de bataille, que l'on peut expliquer son ardeur au
milieu des flots de sang, et sa sublime insouciance
de la mort? Impossible de ne pas voir là des
témoignages péremptoires en faveur de l'existence
providentielle de la *grâce d'état*. Elle était, en effet,
nécessaire pour le maintien de la société, dont la
conservation est, avant tout, dans les vues divines.
C'est ainsi qu'on doit, je crois, en expliquer la
raison d'être.

A propos de la vocation, ne me serait-il pas permis
d'émettre ici un avis encore tout personnel? Dussé-je
paraître exclusif et rétrograde à l'excès, je dirai
qu'à mon sens, il serait bon d'embrasser surtout
la carrière paternelle. A cet égard, du reste, je crois
à une étoile de famille, c'est-à-dire, bien entendu,
à une loi providentielle qui nous maintient générale-

ment dans la voie suivie par nos pères. Qu'on y réfléchisse, et l'on ne doutera pas plus que moi de cette
vérité. J'en suis moi-même, à mes propres yeux,
une preuve évidente. Par un étrange entrelacement
de circonstances j'avais été successivement engagé
dans diverses routes professionnelles; de guerre
lasse, néanmoins et en définitive, il a fallu me voir
introduit dans la carrière héréditaire, où mes proches
avaient oscillatoirement figuré à des titres tantôt
moindres, tantôt plus élevés que le mien. Qu'on ne
croie pas, d'ailleurs, qu'il soit bien facile de se
déclasser. La réalisation de cette volonté providentielle de la permanence des classes n'est pas laissée,
pour son accomplissement, à la merci du caprice,
de l'inconstance ou de l'orgueil des individus. Que
d'hommes en font la dure expérience, surtout de
nos jours, où la fièvre du changement et de l'ambition sévit dans toute sa fureur. La société elle
aussi en gémit et en souffre. Par là que de bras
devenus forcément oisifs! que d'intelligences tristement dévoyées et fatalement annulées, sinon tombées

dans un état de dégradation redoutable, et se tenant périodiquement à la solde du désordre et des révolutions! Ce n'est pas que je proclame ici la fixité absolue de la vocation individuelle dans le cercle héréditaire, comme dans les sociétés immobiles de l'ancienne Égypte ou de la Chine actuelle; la règle que j'entends poser ici admet des exceptions; mais elles sont assez rares, et ne doivent se fonder que sur une aptitude hors ligne. C'est à ce titre que, pour ne parler que des sommités humaines, se sont heureusement et glorieusement déclassés, entre autres grands hommes, les papes Sylvestre II et Sixte-Quint, l'illustre Franklin, et la plupart des héros immortels de nos dernières guerres. Une supériorité réelle quelconque finit par triompher de tous les obstacles, et parvient à s'élever sur le théâtre auquel elle est destinée. Il n'a pas été créé plus de leviers humains qu'il n'en faut pour mouvoir la grande machine sociale, et il est né tout juste assez de facultés individuelles pour éclairer et régir le monde. D'ailleurs, comme les éléments physiques

dans l'ordre matériel, les talents tendent à prendre
leur niveau dans l'ordre moral; et, si l'on y regar-
dait de bien près, on verrait que chacun ici-bas est
à peu près à sa place comme chaque chose. Il n'est
pas jusqu'au poison et au méchant qui n'y occupent
un rang providentiel.

## DE L'AMOUR DIVIN

O

Tout ce que nous avons dit sur l'assistance que Dieu prête à l'homme dans les principales situations de la vie doit corroborer notre foi et rendre désormais inébranlable notre confiance en Lui. De la confiance à l'amour la transition est facile et même inévitable. Comment, en effet, ne pas chérir l'Auteur de tant de bienfaits?

Les philosophes anciens se taisent, ce me semble, sur l'amour que nous devons à la Divinité, et leur silence me paraît avoir été imité par la plupart des philosophes modernes. Il est vrai que ceux-ci peuvent en alléguer pour excuse ou du moins pour motif une sorte d'usage de laisser les théologiens et les mystiques traiter seuls un tel sujet. Quoi qu'il en soit, en mettant à part ce qu'en dit le christianisme, si explicite à cet égard, il faut remonter très-haut

pour trouver une formule digne de ce grand objet;
mais cette formule nous la trouvons complète et
magnifique dans le Décalogue. Qu'il est beau dans
sa simplicité, qu'il est vrai, qu'il est dans la nature
de Dieu et de l'homme ce premier article de la loi
tombée du Sinaï :

« Vous aimerez le Seigneur votre Dieu de tout
« votre cœur, de toute votre âme, de toutes vos
« forces. Ces paroles seront fixées dans votre cœur;
« vous les redirez à vos enfants; vous les méditerez
« assis dans votre maison et en marchant dans le
« chemin, avant de vous endormir et dès votre
« réveil. Vous les attacherez comme un signe à votre
« main; vous les suspendrez devant vos yeux; vous
« les écrirez sur le seuil de votre maison et sur vos
« portes. » — *(Deutér.,* VI, 5, 6, 7, 8, 9.)

Comment ne pas remplir une si stricte à la fois
et si attrayante obligation? Comment ne pas aimer
l'Être infiniment parfait? Comment ne pas chérir

Celui qui nous aime souverainement? Que de titres ineffables il s'est créés à notre amour dans celui qu'il a conçu pour nous et qu'il nous manifeste si extraordinairement!

Il nous a aimés de toute éternité sans avoir besoin de nous, puisqu'il possède tout par essence.

Il nous a aimés même avant notre âge de raison, c'est-à-dire avant que nous eussions pu acquérir nous-mêmes le mérite de l'amour et de la reconnaissance, ou de la vertu en général.

Il nous a aimés même en prévoyant que nous pourrions devenir à son égard ingrats et méchants.

Il est si bon que, malgré notre indignité, il éprouve en quelque sorte le besoin de répandre sur nous son immense libéralité et ses bienfaits sans nombre.

La bonté infinie de Dieu est la raison et le fondement de son amour pour les hommes, de la communication de ses dons et de lui-même. Il y a en Lui une tendance d'expansion infinie et un désir sans bornes de communiquer son être, qui émanent

de la perfection et de l'immense plénitude de sa
propre essence. Il ne perd rien de cette plénitude
inaltérable en se donnant, et, quelque étendues que
soient ses largesses, il est comme une intarissable
source à laquelle on puiserait sans cesse et qui
coulerait toujours la même. De même que le soleil
lance de toutes parts ses rayons vivifiants sans rien
perdre de sa chaleur et de sa lumière, ainsi Dieu
répand avec éclat sur les hommes les rayons de sa
bienfaisance et les lumières de sa sagesse sans rien
perdre de son essence et de sa gloire.

Les idées qui précèdent sont extraites, du moins
pour le fond, de divers moralistes religieux très-
orthodoxes.

## DES CLIMATS

✿

Ici encore qu'il me soit permis d'émettre quelques observations qui me sont propres. Répéter ce que l'on a écrit sur les climats, dussé-je le reproduire en d'autres termes, serait chose au moins fort oiseuse. Quelques aperçus nouveaux sur un sujet quelconque valent mieux que des in-folios de redites.

Ainsi que tous les objets soumis à mes remarques, j'envisage les climats sous le rapport des harmonies providentielles, et particulièrement au point de vue humain.

Celui qui fit pour nous le Globe ne nous en a pas donné seulement la nu-propriété, mais bien plutôt l'usufruit. Nous devons donc pouvoir en jouir dans toute son étendue. Quelle erreur de croire qu'il est des climats inhabitables ! Et pourtant combien de

personnes imaginent qu'il en est de tels, même en
Europe, et, le dirai-je, même en France! N'entend-
on pas exprimer tous les jours des opinions dans
ce sens, et plaindre non-seulement les Lapons et
les Islandais, mais encore les habitants de nos Alpes
et de nos Pyrénées, que l'on est charitablement
tenté de regarder en quelque sorte comme des
Kamtchadales et des Samoïèdes indigènes.

Pour se dépouiller d'un tel préjugé, il suffit d'un
rapide passage au sein de nos populations monta-
gnardes. Là règnent la paix et la santé, c'est-à-dire
les meilleurs éléments de la félicité humaine. La
richesse en est bannie, mais le paupérisme y est
inconnu à son tour, et l'héréditaire médiocrité suffit
aux simples besoins de générations primitives.

Quant à la rudesse du climat, elle ne se fait sentir
qu'en raison directe de l'énergie des tempéraments
qu'il produit. Le froid vif est en général sec, et
l'absence de l'humidité si énervante dans la plaine
atténue singulièrement les effets de la rigueur
apparente des frimas. On les supporte beaucoup

plus aisément qu'une température plus haute dans
les vallées, par l'accroissement de vitalité qu'ils
provoquent. Sur les hauteurs, le thermomètre est,
si l'on peut ainsi dire, beaucoup plus sensible à
l'action du froid que le corps de l'homme et celui
des animaux. L'instrument, tout passif qu'il est,
en éprouve un effet absolu et purement physique,
tandis que l'impression en est avantageusement
modifiée par la réaction du principe vital organique.
C'est un résultat que j'ai pu constater personnellement et à loisir.

Combien on a tort, selon moi, de redouter le
séjour de la montagne pour les constitutions faibles,
et, en particulier, pour les personnes menacées de
phthisie. Nulle part, au contraire, ne se rencontrent plus d'éléments de restauration des forces
générales ; nulle part, spécialement, l'air n'est plus
puissant pour imprimer à l'organe respiratoire une
heureuse faculté de résistance à l'invasion *tubercu-
leuse*, faculté si désirable qu'on demande si souvent
envain aux régions inférieures du territoire. Plus

on monte sur la surface habitée du globe, moins on
rencontre de poitrinaires. A cette observation que
j'ai fréquemment émise il a toujours été répondu
que l'absence de phthisiques dans ces conditions ne
prouvait qu'une chose, c'est qu'ils ne pouvaient
absolument y vivre que peu de temps, et qu'on ne
saurait tout naturellement constater la présence des
morts. Mais, ainsi que je l'ai maintes fois répété,
pour mourir poitrinaire encore faut-il l'être; et
pour l'avoir été il faut nécessairement avoir vécu, et
avoir prêté conséquemment à l'observation de l'état
de maladie dont j'ai constaté l'extrême rareté chez
les montagnards. Ceux-ci respirent sans cesse un air
pur; or, quoi de plus efficace en faveur des prédis-
posés à la phthisie pulmonaire que cette pureté d'un
fluide éminemment vital et sans cesse en contact
avec l'organe souffrant? Prescrit-on aux jeunes
scrofuleux le séjour des vallées ou des rives plus ou
moins abritées et humides? Eh bien! le mal dont
souffrent les phthisiques n'est qu'une variété de
l'affection strumeuse portée sur le poumon. Quel

est donc le genre de malades qui doit plus scrupu-
leusement éviter l'influence plus ou moins viciée
des bas lieux?

Ce n'est pas que j'entende qu'il fût bon d'envoyer
les phthisiques sur de très-hauts plateaux ventilés
presque perpétuellement et dans tous les sens, où
leur système respiratoire aurait à endurer des varia-
tions plus fréquentes de température; mais j'incline
à croire qu'il serait pour eux salutaire d'habiter sur
le flanc des montagnes à l'abri des vents du nord
et de l'ouest. C'est au surplus cette nature de sites
qu'occupent d'ordinaire les bourgades et même les
hameaux dans ces régions élevées. Le bon sens des
populations les a généralement ainsi orientées, sous
la simple impulsion d'un instinct conservateur, et
ce n'est que par une rare exception qu'on rencontre
des habitations, surtout agglomérées, dans des
situations contraires.

La Nature n'a pas fait de climats inhabitables;
elle semble même avoir multiplié de préférence les
conditions de salubrité en faveur de ceux qui sont

réputés les plus disgraciés et les plus malheureux. Elle
leur a départi divers autres avantages plus ou moins
importants, et que ne soupçonnent pas les habitants
amollis des zones en apparence les plus privilégiées.
Pour ne parler encore que des pays de montagnes,
objet d'une pitié aussi aveugle qu'universelle, le
séjour en est bien moins triste qu'on ne pense. On
ne vante guère que l'agrément des saisons tièdes et
verdoyantes des régions tempérées; pourquoi ne
pas exalter aussi la beauté de l'hiver trônant dans
toute sa majesté sur les âpres et pittoresques sommités du globe? Et pourtant, est-il rien au monde
de plus imposant, de plus grandiose que les frimas?
Qu'on remarque bien néanmoins que je n'entends
caractériser ainsi que les frimas de la montagne.
A ces mots on sourira peut-être. On ignore, en
effet, généralement qu'il existe plusieurs sortes
ou du moins plusieurs nuances de brouillards, de
nuages, de givre et de neige dans la nature. Rien
de plus vrai néanmoins. Quelle différence, par
exemple, entre ces phénomènes considérés dans les

montagnes et dans les plaines! Autant l'aspect en
est pâle, monotone et presque rebutant dans les
vallées du Languedoc, ou même de la Touraine et
de la Beauce, autant il offre de variété, de grandeur
et de magnificence dans les Alpes, dans les Pyrénées
et même sur les plateaux élevés du Cantal.

Ce que je viens de dire du climat de la montagne
s'applique naturellement à celui des zônes septen-
trionales et presque polaires.

Un mot maintenant de l'insalubrité régnant dans
certaines parties du globe, et dont on pourrait être
tenté d'accuser la Providence. Je déclare tout d'abord
que cette insalubrité n'existe pas à l'état intrinsèque
et absolu; partout où elle s'observe elle est un
accident plutôt qu'une nécessité locale primitive et
essentielle. Ni l'atmosphère ni la mer ne recèlent
à *priori* de principe malfaisant. Leur constitution
intime répugne à la production d'effets délétères
quelconques; et puis, l'air et l'Océan sont incessamment soumis à une agitation salutaire qui tend
à les maintenir dans un état de parfaite pureté.

31

C'est à la seule surface de la terre proprement dite
que l'insalubrité peut se produire, et cela soit sur
le sol lui-même, soit dans les eaux stagnantes
contre leur nature à sa périphérie. Or, cette cause
de désordre peut être victorieusement combattue
par la puissance humaine. Toute terre bien labourée,
bien plantée et bien canalisée est généralement
saine, pourvu que l'on ait soin d'y enfouir les
matières végétales et animales dont les exhalaisons
répandraient la corruption au sein de l'atmosphère.
Cette vérité est pleinement démontrée par les plus
élémentaires notions de géographie historique ancienne et moderne. A mesure que la civilisation et
l'agriculture, sa compagne inséparable, avancent
sur un terrain vierge et précédemment inhabité, la
salubrité du climat s'y établit et s'étend sous les
pas de l'homme. Le contraire arrive dans des
circonstances opposées. Voyez les peuples *pionniers*
du Nouveau-Monde faire reculer de jour en jour
devant eux les maladies endémiques les plus meur-
trières et les plus opiniâtres, et conquérir au profit

de la santé comme de la richesse nationale toutes les contrées qu'ils soumettent à la production et au commerce. Y eut-il jadis de pays plus fertiles et plus florissants que les immondes territoires où gisent aujourd'hui les ruines de Babylone et de Palmyre? Quel vaste et pompeux jardin de plaisance c'étaient que les marais pontins sous la Rome d'Auguste! Les plaines de la Mitidja ne sont-elles pas de jour en jour rendues à leur salubrité et à leur fertilité antiques par le travail persévérant d'une conquête réparatrice?

## ÉMIGRATION

○

Ces remarques sur les climats abrégeront sensiblement celles que j'aurais eu à faire sur l'*émigration* si j'avais dû en parler isolément.

Ce n'est pas par hasard que se produit un tel phénomène; il émane d'une loi de la nature qui a un but bien déterminé, soit pour les animaux, soit pour l'homme. L'influence en est utile et à l'émigrant et à la contrée pour laquelle il émigre. Lorsqu'à l'approche de l'hiver l'hirondelle nous quitte pour voler vers des climats plus doux, elle tend sans doute instinctivement à sa conservation; mais elle va aussi rendre ailleurs les services qu'elle vient de nous rendre à nous-mêmes pendant notre saison d'été. Comme beaucoup d'autres oiseaux, elle a pour principale tâche providentielle de détruire un grand nombre d'insectes qui, bien que fort utiles eux-mêmes, finiraient par nuire à cause de leur extrême surabondance. En hiver, elle n'aurait plus rien à faire chez nous, et elle y mourrait d'inactivité et d'inanition. Il est donc tout naturel qu'elle aille retrouver sous un ciel plus tiède cette nourriture vivante dont elle doit nettoyer aussi le sol et l'atmosphère du tropique. On peut dire la même chose des autres animaux voyageurs, suivant la diversité de leurs instincts, de leurs destinations et des circonstances de leurs émigrations respectives.

Passons à l'homme.

C'est ici que, sur le même sujet, le dessein providentiel éclate dans tout son jour. L'émigration, comme je l'ai dit, est un besoin et pour l'émigrant et pour les pays où il se transporte. Or, l'air vivifiant et prolifique de la montagne y active si fort les progrès de la population, que celle-ci ne pourrait s'y alimenter avec les seules ressources d'un territoire généralement aride. Force lui est donc de se décharger de son exubérance au profit

des basses régions où elle va chercher de quoi
subsister, tout en y retrempant de son sang pur et
primitif le sang plus ou moins vicié des habitants
de la plaine fertile et corrompue. Qu'on ne croie
pas que l'habitude, la fantaisie ou même la cupidité
président à l'émigration du montagnard; elle est
l'effet d'une loi constante et irrésistible. Elle peut
parfois paraître excessive au point de vue des
localités qui en sont la source, et qu'elle prive
d'un grand nombre de bras au détriment de l'agriculture. On peut chercher à la contenir dans ses
limites naturelles et en réprimer l'excès, si jamais
excès il y a *véritablement*. Mais l'empêcher n'est pas
plus au pouvoir des gouvernements que d'arrêter
le cours impétueux des torrents échappés eux aussi
du haut de la montagne pour l'arrosement et la
fécondation de la vallée. Du reste, tout concourt à
favoriser ce déplacement d'hommes, ou, pour mieux
dire, autour d'eux tout les y pousse : l'extrême
rigueur de la température (car c'est des points les
plus élevés et par conséquent les plus froids que

partent les émigrants), la longue et onéreuse oisiveté
à laquelle elle les condamne, combinée avec un
impérieux besoin d'activité, et particulièrement les
exigences matérielles nées du dénûment le plus
complet, la misère, en un mot; tout, en effet, incite
l'habitant au départ au moins périodique pour des
zones plus favorisées. Là, pendant son séjour, qu'il
renouvelle souvent s'il l'interrompt parfois pour
remonter vers les siens, et qui prend, en fait, une
bonne partie des plus robustes années de son existence, l'émigrant contracte de fréquents mariages,
et il introduit ainsi d'heureux germes de croisement
avec la population locale. Cette observation, qu'on
n'en doute pas, s'applique même à l'Auvergnat,
malgré ses retours ordinairement périodiques au
foyer natal. Nul montagnard, du reste, n'est plus
que lui doué de cette organisation puissante à la
fois et flexible qui s'accommode presque à tout âge
de tous les climats; sorte de cosmopolitisme de
tempérament qui s'ajoute aux preuves que j'ai déjà
émises sur ce que j'appelle la loi d'émigration

édictée par la Providence pour un mélange éminemment régénérateur.

Cette même alliance se produit, selon moi, et
pour les mêmes motifs, entre les hommes du Nord
et les races méridionales. Je n'attribue pas à d'autres
causes les invasions de peuple à peuple que nous
voyons se renouveler périodiquement dans l'histoire.
Celles-ci se fondent, *à priori*, sur le trop-plein
de la population d'une part, et d'autre part sur
l'appauvrissement du sang d'espèces dégénérées. Ce
mouvement d'expansion humaine n'a pas lieu du
Midi au Nord; et, chose à mes yeux très-frappante,
toutes les expéditions dirigées dans ce sens géo-
graphique ont déplorablement échoué. Voyez les
Romains enterrant leurs légions, partout ailleurs
victorieuses, sur le sol des Parthes. Voyez le grand
homme des temps modernes trouver son écueil à
Moscou; et pourtant il s'était élancé d'un bond
jusqu'à la vieille capitale des czars, et son aigle
s'était abattue triomphante sur le faîte du Kremlin!
A ce sujet, et à mon point de vue surtout, on a

bien eu raison de dire que la plus belle et la plus héroïque armée du monde ne céda que devant la puissance invincible des éléments, c'est-à-dire de la nature, ou mieux... de la Providence.

Comme les races du Nord, et pour la même cause, celles de la montagne sont très-difficiles à subjuguer. Témoin les redoutables habitants du Caucase, qui luttent depuis si longtemps contre toutes les forces vives de l'empire russe; témoin encore les intrépides Kabyles, qui, entre tous les peuples de l'Algérie, ont fléchi les derniers sous la puissance irrésistible de nos armes.

Ce fait culminant dans les annales des peuples n'avait pas échappé au coup d'œil large et pénétrant du grand publiciste Montesquieu. Il a fait observer en particulier que les pays de plaines avaient de tout temps été conquis par les habitants de la montagne.

Ainsi se passent les choses, et elles ne sauraient se passer autrement, d'après les principes que j'ai posés plus haut. Ce n'est qu'à ces conditions, en effet, que peut se maintenir dans la population des diverses régions du globe l'équilibre voulu pour la continuation normale de l'existence du genre humain.

Telles sont les considérations que j'ai cru devoir émettre ici sur un sujet qui intéresse à la fois le philosophe et l'économiste. Elles m'ont été suggérées par mon séjour assez prolongé dans les Alpes et dans le Cantal. J'ai pu observer à loisir l'émigration qui se produit régulièrement dans ces montagnes. Elle est ordinairement passagère et presque toujours intervallée; mais même en ce cas elle se renouvelle tous les ans, et elle est marquée des mêmes caractères de causes et d'effets que l'émigration permanente. Comme celle-ci, elle a évidemment lieu dans l'intérêt combiné des contrées d'où elle part, et de celles vers lesquelles elle rayonne. Elle se rattache, en un mot, de tout point aux mêmes lois d'ordre providentiel que j'ai signalées comme présidant à la conservation de notre espèce.

## DU CRÉTINISME

✿

Le crétinisme, cette dégénération malheureuse de l'homme, naît, me dira-t-on, dans la montagne, et semble contredire ce que j'ai avancé sur l'excellence de l'air qu'on y respire et sur celle de la constitution de ses habitants. Je répondrai qu'on n'a jamais rencontré cette déformation organique sur la montagne proprement dite, et qu'elle est un pur accident, désormais même assez rare, que l'on observe dans les gorges profondes serpentant au sein des plus longues et des plus hautes chaînes du globe. J'ajouterai que le crétinisme est moins l'œuvre de la nature que celle de l'homme.

Sur plusieurs points des Hautes-Alpes, et en particulier au pied du mont Pelvoux, rival du mont Blanc pour l'élévation, j'ai visité les lieux de France où cette dégénération est le plus fréquente et le plus caractérisée. Là je me suis convaincu qu'elle est en grande partie le produit de la misère et de ses compagnes habituelles, l'incurie et la malpropreté. Quelques soins d'hygiène bien entendus en préservent les familles aisées, même au milieu des conditions topographiques les plus puissantes pour y donner lieu. Ces conditions sont évidemment, et en première ligne, dans l'atmosphère éternellement croupissante des vallées les plus étroites et les plus encaissées, qui se trouvent en même temps presque inaccessibles aux rayons vivifiants du soleil. D'un autre côté, le développement de cette infirmité radicale est favorisé par l'usage des eaux de neige, surtout lorsque à leur âpre et glaciale crudité s'ajoute un mélange de particules de sous-carbonate de chaux qu'elles rencontrent parfois en filtrant dans des couches de terre chargées de cette substance, vulgairement connue sous le nom de craie (*creta* des Latins), c'est-à-dire *crétacées*. C'est même de cette circonstance qu'on a peut-être tiré le nom de crétin. Quant à l'action de cette

complication dans les causes du crétinisme, je m'en
suis assuré personnellement. J'ai observé ce fait
dans le voisinage de Briançon, sur le territoire de
la commune de Saint-Chaffrey. La population y est
abreuvée par une source d'eau notoirement et
ostensiblement carbonatée; aussi est-elle affectée à
un très-haut degré du malheureux type qui nous
occupe, tandis que les habitants de plusieurs communes contiguës offrent le plus beau sang aux
yeux de l'observateur. Il est vrai que le site de
Saint-Chaffrey est beaucoup moins favorisé que
celui des localités environnantes sous le rapport de
la circulation de l'air et de l'insolation. Je crois
néanmoins que cette extrême différence de tempérament entre des populations si voisines doit être
particulièrement attribuée à la différence des eaux.

C'est, du reste, l'air bas, non renouvelé et
imprégné d'une fraîcheur humide, pour ainsi dire
de cave, qui exerce, à mon sens, la principale et
la plus indispensable influence sur la production du
crétinisme. On ne saurait en douter après avoir

visité le pays de Vallouise, également situé dans le Briançonnais. C'est bien là l'idéal des conditions de position appropriées au développement de cette dégénérescence. De tous les côtés, excepté d'un seul qui y donne accès par une petite ouverture débouchant elle-même sur une étroite vallée, la commune et surtout le bourg de Vallouise se trouvent cernés par d'inaccessibles hauteurs. Situé à peine à huit cents mètres au-dessus du niveau de la mer, et à plus de trois mille mètres, par conséquent, au-dessous du sommet du mont Pelvoux, qui le proémine ainsi gigantesquement, ce bassin, d'ailleurs charmante oasis au milieu de la plus âpre nature, est le véritable Éden du crétinisme. C'est là que je l'ai observé dans toute sa hideuse beauté (je parle en homme de l'art). Eh bien! même là, je l'ai vu épargner la classe aisée, et ne frapper guère que les familles les plus misérables. Au surplus, ceux qui en sont atteints ne m'ont pas paru aussi malheureux qu'on pourrait le supposer. Ils ont peu ou point la conscience d'eux-mêmes. N'ayant très-souvent d'autre

sens intact que la vue, ils semblent moins vivre
qu'assister à la vie. Le dirai-je? une sorte de demi-
satisfaction se peint même sur leur physionomie
hébétée mais sereine, et on les plaint peut-être
moins en les quittant qu'avant de les avoir vus.
Les parents semblent eux-mêmes assez peu affectés
de l'état de leurs enfants, et ils regardent avec une
sorte d'impassibilité calme et douce la surprise
émue que fait éprouver au voyageur l'aspect d'une
infirmité si étrange à la fois et si peu douloureuse.

Il serait au pouvoir de l'homme de prévenir le
développement du crétinisme. Pour y parvenir il
faudrait défendre aux pauvres surtout d'établir leurs
habitations sur les rares parcelles de territoire où
il prend naissance, ou bien y croiser assidûment
la race indigène avec celle des plateaux élevés et
largement découverts. On devrait, en tout cas,
chercher à réagir contre les causes du mal par
l'observance la plus attentive des règles de l'hygiène.
Celle-ci, au surplus, pénétrant avec la civilisation
jusque dans les plus inaccessibles replis des contrées

habitées, se fait déjà heureusement sentir dans les Alpes françaises, suisses et italiennes. Aussi le fléau semble y diminuer de fréquence et d'intensité, et nul doute que ce mouvement de progrès régénérateur ne finisse par y anéantir entièrement cette rare mais hideuse plaie de l'espèce humaine. Un résultat si désirable serait possible, aux mêmes conditions, sur tous les points de l'Europe et des autres parties du globe.

Au lieu de s'en tenir exclusivement aux faits dès longtemps observés, et d'où dérive évidemment la conséquence que le crétinisme n'est qu'une dégénération produite par les causes que nous venons de signaler, on a singulièrement déraisonné, de nos jours, pour en expliquer autrement l'origine. Entre autres bizarres hypothèses hardiment émises à ce sujet, on a poussé l'aberration systématique jusqu'à faire des crétins une espèce à part dans la race humaine. Énoncer une si gratuite et si étrange opinion, c'est, je crois, la réfuter aux yeux des hommes instruits. Je me tairai donc sur cette supposition d'une création informe et monstrueuse; je ferai seulement observer, à cette occasion, que, tout en se plaignant des maux réels auxquels la Providence permet qu'il soit en butte, l'homme semble se plaire à en inventer de fictifs, ne fût-ce que pour les lui imputer indirectement.

## DES ANIMAUX NUISIBLES

✿

Les mots que je viens d'écrire en tête de ce chapitre portent à faux. Dans la vérité des choses, il n'existe pas d'animaux nuisibles, et je n'emploie ici cette désignation que pour me conformer au langage d'un préjugé qu'il me sera aisé de réfuter.

Loin de nous nuire, les animaux nous sont tous utiles ou agréables. Ils nous nourrissent, nous habillent, nous aident dans nos travaux, nous gardent et nous défendent; ils peuplent notre solitude, ils récréent nos yeux et nos oreilles, et ils élèvent notre âme vers Dieu par leur voix, leur grâce ou leur majestueuse noblesse; quelquefois ils nous instruisent; ils nous ont appris les arts, et même jusqu'à un certain point ils nous prêchent les mœurs.

L'homme est plus fort que les bêtes fauves : il a

su se forger des armes pour les combattre et pour les vaincre. Il leur impose singulièrement. Voyez les dompteurs d'animaux féroces qui ont, surtout dans ces derniers temps, attiré l'attention publique. La preuve que ces animaux reconnaissent cette supériorité de l'homme, c'est qu'ils fuient tous à son approche; ils n'osent s'exposer au grand jour devant lui, et se réfugient dans les lieux inhabités. Comme ils ne sortent guère que la nuit, ils sont, en tout état de cause, moins dangereux pour nous, qui reposons alors en sûreté.

Les quadrupèdes carnassiers nous servent par leurs dépouilles, préviennent l'infection de l'air en dévorant les cadavres qui s'y trouvent exposés à la surface du sol, et dont le nombre étonnera, si l'on songe qu'il périt annuellement un quinzième des quadrupèdes et un dixième environ des oiseaux vivants sur notre planète. De plus, ils exercent notre vigilance, notre courage et notre activité, qui tendraient à s'allanguir dans l'inaction d'une autorité sans obstacle et d'une paix perpétuelle.

Tout animal dangereux s'annonce généralement de loin par le bruit ou même par l'odeur, ou nous repousse par un aspect hideux et menaçant : salutaires moyens de sauvegarde employés par la Providence pour nous préserver de ses atteintes. Les reptiles voraces ou venimeux, en particulier, habitent des lieux malsains, dont ils absorbent peut-être en partie l'insalubrité, et d'où leur présence nous éloigne utilement.

Les oiseaux de proie sont évidemment inoffensifs pour l'homme ; ils le servent, au contraire, comme les quadrupèdes carnivores, en nettoyant le sol des substances animales qui souilleraient l'air ambiant de miasmes délétères. Ils nous sont encore utiles en nous débarrassant du superflu des oiseaux, dont la surabondance pourrait nous devenir à charge.

Cependant, qu'on y regarde à deux fois avant de prononcer sur la question de l'espèce ou du nombre des oiseaux qu'on pourrait supposer malfaisants. On a fait naguère encore remarquer l'immensité des services rendus en particulier à l'agriculture

par deux sortes d'oiseaux dont on serait peu porté
à supposer la haute utilité : je veux parler du hibou
et de la mésange.

On a trouvé dans la retraite d'un couple de
chats-huants quinze litres d'os de taupes, de rats,
de souris et de mulots, produit d'une année seulement d'alimentation.

Une autre expérience faite sur une nichée de
mésanges a donné pour résultat la destruction par
cette petite famille de quinze mille chenilles con-
sommées en vingt et un jours, espace de temps
nécessaire au père et à la mère pour élever leurs
petits. La mésange, oiseau d'ailleurs si inoffensif
de tout point, se propage d'une manière prodigieuse. La femelle pond de douze à seize œufs et
fait deux ou trois couvées par an. Détruire des nids
de chouettes, de chats-huants, de mésanges, et
même de huppes et autres oiseaux qui ne sauraient
jamais être trop communs dans nos parages, serait
vouloir tenter de multiplier outre mesure des animaux qui pourraient être nuisibles, par l'excès de

leur nombre, à la production agricole; je dis par l'excès de leur nombre seulement, attendu que je ne crois pas à l'existence d'animaux nuisibles de leur nature, et qu'à mon sens tous sont utiles et même nécessaires, quoique cette utilité ou cette nécessité, comme tant d'autres choses, se dérobent parfois à nos yeux sous le voile du mystère.

Je me garderai bien de proscrire même le moineau, réputé si vorace du produit de nos graminées, et dont la tête reste toujours mise à prix, pour ce motif, chez nos voisins d'outre-Manche. Un vague sentiment, fondé sur une loi d'analogie générale, m'excite à croire que le pierrot est calomnié, qu'il est bien loin de se nourrir exclusivement d'orge, de seigle et de blé, et qu'en variant les mets de sa table il paie généreusement son écot à l'ingrate exigence du laboureur.

Il est une autre et très-grave observation à faire sur l'utilité des oiseaux comme sur celle des quadrupèdes et des animaux en général, c'est qu'ils fertilisent la terre par leurs excréments. Voyez cette prodigieuse masse d'engrais importés désormais d'Amérique en Europe. Le guano, dont on a chargé en quelques années plusieurs milliers de navires, n'est qu'un produit de ce genre déposé par des légions d'oiseaux sur les côtes du Pérou et de quelques petites îles des mers du Sud. Quoi de plus propre à mettre dans tout son jour l'utilité des animaux d'où proviennent ces matières excrémenti-tielles?

On n'a pas, ce me semble, suffisamment insisté sur cette importante partie des avantages que nous retirons du règne animal. Bénissons encore ici la puissante bonté de la Providence dans ces fabriques vivantes d'engrais réparateurs, sans lesquels la terre, privée dès longtemps de son humus, serait devenue tout à fait infertile, et par conséquent inhabitée.

Il n'est pas jusqu'aux insectes qui passent pour les plus dangereux ou les plus dégoûtants qui ne trouvent grâce à mes yeux, et dont la réflexion ne découvre la destinée utile ou même indispensable.

Pourquoi tonner si fort contre le charançon?
N'est-il pas évidemment né pour empêcher l'accaparement indéfini des grains les plus utiles au
soutien de la vie humaine, et pour prévenir ainsi
l'organisation systématique de la famine? J'irai
jusqu'à me faire l'avocat de ces insectes, moins
importuns que méprisés et maudits, et qui choi-
sissent de préférence pour leur séjour la peau de
l'homme. Je ne conçois pas, en effet, pourquoi leur
utilité n'a pas été remarquée, car elle saute aux
yeux. La puce et la punaise pompent évidemment
le trop-plein du sang capillaire, appelé à la périphérie de notre corps par l'action des chaleurs de
l'été. Pourquoi donc se récrier si fort contre ces
menus parasites? Celui qui se plaît tant sur le cuir
chevelu fut sans nul doute destiné à absorber l'excès
d'humeurs qui se porte fréquemment vers la tête,
surtout chez les enfants, par l'effet du mouvement
vital et plus souvent encore par suite de la
malpropreté. Le précieux animalcule diminue les

résultats de cette dernière en se nourrissant des ordures qu'elle produit.

En tout cas, l'appréhension assez commune de ces insectes tient utilement en haleine la vigilance de l'homme, et tend à lui faire éviter les effets d'une indolence sordide, dont ils sont les compagnons assidus, et, jusqu'à un certain point, le remède au moins palliatif. Ils nous sont donc utiles sous ce double point de vue. Quelques soins soutenus suffisent d'ailleurs pour nous en débarrasser. A cette fin, et pour qu'ils soient plus apercevables dans leur petitesse, la nature a parfaitement approprié leurs couleurs à la place habituelle qu'ils occupent. L'insecte blanc, ainsi qu'on l'a remarqué avant moi, se détache visiblement sur la teinte brune des cheveux, et les deux insectes noirs sur la blancheur de la peau.

Qu'on me pardonne ces détails. Rien n'est petit dans le sujet que je traite, et je dois avoir à cœur de montrer partout, autant qu'il est en moi, l'immensité des intentions providentielles.

37

Il est une autre espèce d'insecte en apparence non
moins indiscret, mais peut-être encore plus utile,
puisque la nature l'a multiplié davantage autour de
nous, et qu'elle lui a donné des ailes pour échapper
plus sûrement à notre poursuite, je veux parler de
la mouche. Qui nierait, en effet, la haute importance
de ses diverses variétés? Si l'abeille nous donne
son miel, les autres grosses mouches concourent
sans doute puissamment au maintien de la pureté
de l'air en dévorant les matières animales et
végétales qui se trouvent en décomposition sur la
surface de la terre. Cela est si vrai qu'il existe une
mouche, à la robe bleue et vert-doré, que l'on
désigne du nom de mouche des *cadavres*. Que de
plaintes s'élèvent en particulier contre la mouche
*domestique;* et pourtant je la crois de toutes la plus
utile dans les desseins de la nature. Selon moi, les
mouches communes sont faites pour assainir jusqu'à
l'air qui nous environne, même dans l'intérieur de
nos demeures. Aussi les voit-on voltiger en plus
grand nombre dans nos cuisines et autres lieux plus

chargés de principes d'infection atmosphérique, et
pendant le règne des chaleurs, qui rendraient le
dégagement des miasmes encore plus dangereux.
Voyez comme la nature s'en montre prodigue, et
combien il est difficile de les détruire ou même de
s'en préserver !

Une expérience fort simple démontrerait au besoin
que la mouche s'alimente ainsi que je viens de le
dire, et qu'elle ne saurait vivre hors ces conditions.
Choisissez une chambre vaste et même aérée à l'aide
d'une cheminée, mais tout à fait close d'ailleurs,
et placez-y des mouches en quantité ; au bout d'un
ou de deux mois vous les y trouverez toutes mortes.
Sans doute elles ont succombé d'inanition après
avoir épuisé les particules ordurières contenues
dans la pièce où elles furent reléguées. J'ai moi-
même constaté ce fait. L'expérience a été faite
pendant l'été. L'hiver ces insectes se seraient peut-
être sauvés en vertu de l'état de torpeur où ils
tombent alors sans doute par suite de leur inutilité
sous l'influence du froid, qui purifie suffisamment

l'atmosphère, et qui empêche d'ailleurs les émanations malfaisantes que l'extrême avidité des mouches
a pour objet de prévenir. A propos de cette voracité,
il a été dit, avec une exagération qui n'exclut pas
un fond de vérité, qu'une mouche des plus volu-
mineuses dévorerait plus rapidement qu'un lion le
corps d'un bœuf.

Ces grands services rendus par la mouche ne
doivent pas nous faire oublier qu'elle est aussi une
des plus grandes ressources pour la nourriture des
oiseaux.

Ainsi nous voyons, une fois de plus, que Dieu
n'a fait rien d'inutile, que tout se tient, s'accorde
et s'engrène en quelque sorte dans le vaste et mystérieux système de l'univers. Non, rien ne fut créé
en vain, pas même le plus chétif insecte. On peut
lire cette vérité écrite sur la trompe d'une mouche
comme sur le front du soleil.

## DES MÉCHANTS

O

Qu'on ne s'étonne pas de voir ce titre à la suite du précédent. Un des plus grands philosophes, un des plus grands théologiens, un Père de l'Église éminent, saint Augustin, a dit quelque part : « Ainsi que les animaux malfaisants les méchants « sont utiles à l'homme, soit pour le punir à juste « titre, soit pour exercer utilement ses facultés, « soit pour l'instruire à leur insu : *ipsum aut* « *pœnaliter lædunt, aut salubriter exercent, aut* « *utiliter probant, aut ignoranter docent.* » Ce puissant penseur dit aussi : « Ne croyez pas que ce soit « sans motif qu'il se trouve des méchants dans ce « monde, et qu'ils ne puissent servir à autre chose « qu'au mal. Dieu, étant la bonté même, n'eût « jamais permis le mal s'il n'eût été assez puissant

« pour en tirer le bien. Tout méchant, ajoute-t-il,
« vit ici-bas, ou pour parvenir à se corriger ou
« pour éprouver les bons. »

Ici, j'ai cru devoir m'appuyer exceptionnellement
sur une autorité étrangère et du premier ordre, de
peur de sembler par trop étrangement paradoxal
en affirmant que les méchants, eux aussi, rentrent
dans la loi commune et ne sauraient choquer l'idée
que nous devons nous former de la bonté providentielle.

Je sais bien qu'en dépit de tous les moyens
d'expliquer leur existence, celle-ci reste toujours
un peu énigmatique aux yeux de notre faible raison.
Je confesserai même, avec Jean-Jacques Rousseau,
qu'en définitive les méchants sont fort embar-
rassants et pour ce monde et pour l'autre. Je sens
aussi que la question qui les concerne s'élève implicitement à celle-ci : Pourquoi le vice? pourquoi le
crime? pourquoi le mal enfin? Mais je réponds,
après mille autres : Le mal est le résultat très-
concevable de la liberté donnée à l'homme. L'abus

de cette faculté vient de lui, non de Dieu. Dieu
n'est pas l'auteur du mal; il le permet seulement...
Mystère, si l'on veut; mais pourquoi notre science
ne s'abaisserait-elle pas ici devant les hauteurs de
la science suprême? Il existe d'ailleurs des remèdes
au mal commis : c'est le remords, présent du Ciel;
c'est le repentir, secours tombé d'en Haut pour
nous réhabiliter dans la justice par la pénitence.

En vertu de cette tendance fougueuse et irré-
fléchie qui nous fait dépasser en tout les justes
limites, nous sommes, je crois, portés à exagérer
le nombre des méchants et leur perversité elle-
même. Combien d'hommes bons, ou du moins sans
dépravation réelle, pour quelques méchants égarés
accidentellement sous nos pas! Qu'il y a peu de
natures assez perverties, assez mal inspirées pour
faire réellement le mal pour le mal! Combien qui
en le perpétrant sont entraînés moins par un désir
réfléchi de le commettre que par l'impétuosité coupable il est vrai, mais moins exécrable, de leurs
passions ardentes et effrénées. Ceci s'applique même

aux assassins. On en rencontre rarement qui soient
assez endurcis dans le crime pour ne pas témoigner
du repentir. J'ai consulté là-dessus un vénérable
aumônier des prisons, mort naguère, et qui avait
pendant quarante ans exercé la redoutable mission
d'accompagner les meurtriers à l'échafaud. Le
résultat de son expérience n'a pu que me confirmer
dans cette pensée. Elle naîtra naturellement dans
l'esprit de ceux qui voudront bien réfléchir sur la
société qui les environne, ou méditer les pages de
l'histoire. Celle-ci n'a eu, quoi qu'on en dise, à
flétrir qu'un petit nombre de grands scélérats, eu
égard à l'immensité de ses peintures et de ses récits.
Et puis, quelles nombreuses et magnifiques compensations elle déploie à nos regards! que d'hommes
illustres et excellents dont elle nous a transmis la
mémoire vénérée par les siècles! que de grandes et
belles âmes elle propose à notre admiration! Si,
d'un côté, nous voyons quelques rares êtres abrutis,
dégradés, pervers en un mot, d'autre part, que de
bonté, que de grandeur, que de dévoûment, que

d'héroïsme! En nous tenant seulement sur les sommets de l'histoire, si nous avons à maudire un Erostrate, un Catilina, un Tibère ou un Néron, que d'exemples contraires n'avons-nous pas à bénir de Decius à d'Assas, de Titus à Henri IV, de Socrate à Fénelon, de Regulus à Vincent de Paul, et des héros des Thermopyles à ceux de Waterloo!

## DES FLÉAUX

Q

Je pourrais dire *à priori* qu'un heureux effet
des fléaux comme du malheur et de l'affliction en
général, c'est de nous rappeler utilement notre
faiblesse, ou, pour mieux dire, notre néant devant
le Créateur. Sous leur empire, nous sentons mieux
la fragilité de notre existence et de notre destinée;
contre cet écueil notre orgueil se brise, et nous
devenons plus croyants et plus vertueux, humiliés
que nous sommes sous le poids de la main suprême.

Mais on peut expliquer les fléaux par des raisons
plus directes et plus matérielles. Ces grandes
sources de maux humains n'existent pas nécessairement. On aurait tort de croire, en particulier,

que les principaux, c'est-à-dire la guerre, la
famine et la peste, nous sont aveuglément et irrésistiblement imposés par les lois de la nature,
et sont en quelque sorte d'institution divine. C'est
bien de leur propre mouvement que les hommes
s'arment brutalement les uns contre les autres.
Sans leurs mauvaises passions ils vivraient d'accord,
et la terre verrait fleurir dans son sein une paix
éternelle. S'ils savaient aussi ou s'ils voulaient
s'entendre et s'aider cordialement entre eux, ils
n'auraient pas à subir les horreurs de la faim.
La disette absolue et universelle n'existe pas sur le
globe. Il produit tous les ans, comme cela est
prouvé, à peu près la même somme de récolte,
c'est-à-dire une quantité qui serait toujours suffi-
sante pour nourrir le genre humain tout entier,
si elle était sagement et généralement répartie entre
les nations et les individus. D'après Fénelon et
plusieurs autres grands économistes, la terre,
bien cultivée, pourrait nourrir trois ou quatre fois
le nombre de ses habitants actuels. En général

comme en particulier, c'est au riche à subvenir aux
besoins du pauvre. L'incurie et la paresse trop fréquentes du pauvre, l'avarice coupable du riche et
l'accaparement des grains sont les causes ordinaires
de la famine. Elle disparaît, au surplus, du sein
de la société humaine, et elle sera définitivement
détruite dans un avenir plus ou moins prochain, à
la suite de l'établissement de la liberté des échanges
entre les nations. Là où règnent la paix, l'ordre
et une bonne hygiène les hommes vivent heureux
au sein du travail, de l'aisance et de la propreté.
Dans ces conditions il n'y a pas lieu de redouter
la naissance spontanée de la peste. Quant à la communication de ce fléau, il est donné à la prudence
des populations de s'en garantir. Ne le voit-on pas
diminuer en Europe d'intensité et de fréquence, et
tendre même à s'anéantir presque sans le secours
des lazarets et des cordons sanitaires, sous la seule
influence des progrès de l'hygiène publique, cette
inappréciable conquête de la civilisation de jour en
jour croissante? Je n'ai lu nulle part que la peste,

aujourd'hui dite d'Orient, c'est-à-dire d'Égypte, y
fût autrefois connue ou du moins presque endé-
mique, ainsi que dans les temps modernes. En
proie à cette cause permanente de destruction,
l'Égypte serait-elle devenue aussi peuplée et aussi
prospère qu'elle le fut jadis? Autant qu'on peut le
conjecturer en rapprochant les observations faites à
ce sujet, la peste naît dans son sein sous l'empire
d'un air vicié par les émanations putrides qui
s'exhalent à la suite des inondations périodiques du
Nil. Les cimetières eux-mêmes sont annuellement
submergés, et les anciens canaux sont généralement
obstrués, ce qui entraîne des stagnations d'eaux
corrompues. Il serait possible de remédier à ces
causes d'insalubrité, et c'est un résultat que poursuit, à ce qu'il semble, la civilisation elle-même,
se montrant aujourd'hui jalouse de rentrer sur une
terre féconde qui fut l'une de ses sources primitives.

Il arrive bien des malheurs par suite des trem-
blements de terre; mais on connaît en général les
parties du globe où tendent à se produire ces

secousses désastreuses. Pourquoi donc ne pas s'en
éloigner? Pourquoi du moins ne pas bâtir les
maisons en bois sur ces rives suspectes et inhospi-
talières? Qu'est-ce que le danger des incendies à
côté des monstrueuses catastrophes d'un trem-
blement de terre? L'homme, d'ailleurs, maîtrise
aisément les ravages ordinaires du feu. Il n'a
sérieusement à redouter que celui des volcans.
C'est encore sa seule imprudence qui peut l'en
rendre victime. A la période géologique où nous
sommes dès longtemps parvenus, il ne se forme
guère plus de nouvelles ouvertures volcaniques.
Tous les monts à cratères vomissant la lave sont
connus. Rien de plus facile que d'en fuir le
voisinage. L'homme s'obstinant à braver ce péril,
est-il étrange qu'il en subisse les horribles effets?
Aurait-il dû bâtir Naples après la catastrophe inouïe
d'Herculanum et de Pompeia? Mais non, nous
sommes aussi légers que le papillon de nuit qui
tourne autour de la flamme jusqu'à ce qu'elle le
dévore. Les fondateurs de Naples, de Portici et

autres villes si voisines du Vésuve, pouvaient-ils
mieux imiter en grand la folie furieuse d'Empédocle
se précipitant dans le gouffre de l'Etna?

Aux causes de destruction que je viens de signaler
on pourrait ajouter les naufrages. L'homme, d'après
moi, pourrait aussi les éviter, du moins très-souvent,
c'est-à-dire en ne s'exposant aux dangers de la
navigation que pour des motifs impérieux, et par
conséquent assez rares. Mais la fureur du gain
ou celle de la guerre multiplient à outrance les
navires sur mer. De là aussi des chances beaucoup
plus multipliées d'accidents. Au surplus, ils ont
presque toujours lieu sur les côtes, où, grâce aux
secours des riverains, combinés avec ceux que
l'industrie navale a inventés, se sauvent la plupart
des naufragés. Là encore brille de tout son éclat la
salutaire intervention de la Providence divine.

Que l'homme rentre en lui-même, qu'il examine
le fond de sa conscience, il verra qu'il pourrait,

s'il le voulait bien, éviter la plupart des calamités, et que par l'abus effréné de son libre arbitre il devient lui-même de tous les fléaux le plus terrible qu'il ait à craindre.

## DES PASSIONS

✿

Il est difficile de dire du nouveau à propos des passions. En ai-je dit moi-même en les signalant comme je l'ai fait dans le poème qui précède? Au lecteur seul appartient le jugement d'une telle question. Ici je n'ajouterai que quelques développements.

Malgré tout mon désir de parler en faveur des passions, qui sont, en effet, si utiles sous plusieurs points de vue, je n'irai pourtant pas jusqu'à les déifier, à l'exemple des anciens et de quelques modernes. Je commencerai même par reconnaître que trop souvent elles sont funestes à l'humanité. Est-il un malheur dont elles ne puissent devenir la source? N'est-ce pas sous leur souffle empoisonné que se déchaînent en particulier sur le monde ces grands fléaux : la guerre internationale, les discordes

civiles, les révolutions des peuples amenant le fatal
écroulement des trônes et des empires? Ces dés-
astres sont surtout les tristes enfants de l'Ambition.
Que dirai-je de cette passion immense qui n'ait été
déjà dit avant moi? Ah! s'il n'est plus permis d'être
neuf à son sujet, elle est, de son côté, un fonds
inépuisable de désordres et de maux, et, sous ce
rapport, elle se montre en tout temps déplorablement fertile en horribles nouveautés. Quel siècle,
quelle année, quel jour, pour ainsi dire, ne voit
pas se dresser quelque funèbre monument de ses
ravages? Pour ne parler que de la guerre, dont elle
est à peu près toujours la source coupable, quand
cette calamité est-elle entièrement absente de la
surface du globe? Et n'est-ce pas malheureusement
une irréalisable utopie que le désir de voir la paix
régner sur toute la terre?

Quoi de plus redoutable dans ses effets que
l'ambition? Quoi de plus vain toutefois dans son
objet pour le bonheur même de ceux de ses favoris
qu'elle traite avec le plus de magnificence! « Est-ce

là tout? » s'écriait César, devenu maître du monde.

Et pourtant de ce fléau, si peu propre à assouvir les insatiables désirs d'un seul homme, la Providence divine tire parfois des résultats utiles à l'humanité tout entière. Elle fait surtout servir à l'exécution de ses impénétrables desseins les gigantesques entreprises des plus illustres conquérants. Ceux-ci, depuis Alexandre jusqu'à Napoléon, ont puissamment concouru, par leurs expéditions guerrières, à mélanger heureusement les peuples, et fait ainsi singulièrement progresser le genre humain. L'ambition de Jules César, en particulier, parvint à réunir les diverses parties du monde sous le sceptre d'un seul, et prépara de la sorte le règne universel et pacifique sous l'empire favorable duquel Jésus-Christ vint au monde.

Après l'ambition, et peut-être même avant elle, suivant les ardeurs de l'âge et du tempérament, l'amour est de toutes les passions la plus impérieuse et la plus entraînante. Contenu dans ses limites naturelles et providentiellement posées, ce sentiment

tend au bonheur de l'individu et à celui de la
société. Mais quoi de plus pernicieux aussi que
cette disposition du cœur passant au délire de la
passion effrénée? Sans remonter dans l'histoire
jusqu'à Henri VII, jusqu'à Salomon et jusqu'à la
femme parjure de Ménélas pour en démontrer les
immenses périls, que d'exemples n'avons-nous pas
journellement sous nos yeux qui nous prouvent
toute sa puissance désastreuse! Les détails à cet
égard seraient superflus. Je ferai remarquer seulement que de nos jours cette brûlante source de
maux produit surtout et multiplie effroyablement le
fléau du suicide.

Il est une passion tellement ignoble et sordide
qu'on ne saurait en prononcer ou même en écrire
le nom sans dégoût. C'est assez dire que je serai
bref sur l'avarice. Son procès, d'ailleurs, a été
instruit dès longtemps. Elle a été dès longtemps
flétrie et condamnée à l'unanimité par le jury des
grandes assises de la société humaine. Tout cela, il
est vrai, n'empêche pas que parmi les hommes

coupables d'un tel vice, ou mieux d'un tel crime, il ne surgisse encore un grand nombre de relaps. Et pourtant quelles douloureuses suites entraîne avec lui ce déplorable penchant! En est-il un autre qui rende l'homme plus malheureux, et plus malheureux par sa faute? Privations cruelles, ennuis profonds, veilles soutenues, craintes, déceptions, fatigues et chagrins de toute espèce, désespoir même,... tel est le triste et ordinaire lot de l'avare.

Combien Sénèque a raison de dire : « Les avares « ont les richesses de la même façon que nous « disons avoir la fièvre, quand c'est elle, au con- « traire, qui s'est emparée de nous. Nous devrions « rectifier notre langage et dire d'un homme : « La fièvre l'a saisi, les richesses le tiennent et le « torturent : *Sic divitias habent quomodo habere* « *dicimur febrim, cùm illa nos habeat, è contrario* « *dicere debemus : febris illum tenet; eodem modo* « *quo dicendum est : divitiæ illum tenent, imò et* « *torquent.* »  (SÉN., *Épist.* CXIX.)

Mais en voilà bien assez sur un vice ignominieux

qui se charge de punir lui-même celui qui le possède, ou mieux qui en est possédé.

Bornons-nous à ajouter que l'avarice elle-même peut devenir utile à quelque chose et à quelqu'un : elle nous apprend à jouir du bonheur que donne l'aisance par le spectacle fastidieux que nous offre la volontaire mais très-réelle misère de l'avare, ainsi que l'aspect d'un homme ivre apprenait la tempérance aux enfants de Lacédémone. L'avarice, du reste, émane d'un louable et indispensable principe ; elle n'est que l'inqualifiable excès d'une grande vertu privée et sociale, dont notre système d'éducation publique néglige trop la culture dans les jeunes âmes : je veux dire l'économie. Celle-ci tend aux meilleurs résultats ; elle amasse pour les individus les plus puissantes conditions de bien-être matériel, et pour les masses elle fait naître et grandir le capital, ce géant aux mille bras qui, de nos jours surtout, marche avec des forces sans cesse augmentées à la conquête du progrès humain ! *Crescit cundo.*

Passons à la haine.

Je ne pousserai pas l'optimisme jusqu'à commencer par en faire l'éloge, bien qu'elle offre aussi son côté utile que je ferai ressortir ultérieurement.

La haine est un grand mal. C'est, a-t-on dit, un glaive à deux tranchants. Il blesse plus encore celui qui en est armé que celui contre lequel se dirige sa pointe acérée; il perce le cœur du premier avant d'atteindre celui de l'adversaire. On veut perdre, et l'on se perd; quelle folie! on se pend au gibet où l'on voulait attacher son ennemi. C'est l'histoire d'Aman.

D'après saint Jean l'évangéliste, l'homme haineux est homicide, au moins d'intention. Rien ne dispose autant que la haine à tuer son semblable. Ce meurtre peut avoir lieu de plusieurs manières, à savoir, par l'effusion du sang, ou bien par les traits de la calomnie et même de la simple *médisance*. Qu'on réfléchisse attentivement sur cette dernière partie de la sentence de l'apôtre. A ce double titre que d'homicides se commettent aujourd'hui! que d'agréables causeurs devenus criminels, peut-être même sans le savoir, en se livrant seulement au plaisir habituel, et pour ainsi dire à l'indispensable distraction de médire!

La Haine est à la tête d'une famille nombreuse. En outre de la Médisance et de la Calomnie, elle reconnaît encore pour fille.... la Vengeance, qui se montre à tous égards digne d'une telle mère. Ce qui pourtant devrait tarir ce sentiment dans un vrai cœur d'homme, c'est qu'à tout prendre on s'accorde unanimement à le regarder comme une lâcheté. Qu'est-ce qu'une âme, en effet, qui ne peut supporter un acte agressif, une parole offensante, quelquefois même un simple regard équivoque? « Elle ressemble, dit Aristote, par tempérament « à un estomac débile qui ne saurait supporter le « moindre aliment indigeste. »

Se venger, c'est être aveugle et cruel envers soi-même autant pour le moins qu'envers son ennemi; c'est ne savoir se vaincre, et se laisser vaincre au contraire par son rival, dont on ménage ainsi le triomphe.

La Haine, qui porte dans ses flancs ces trois monstres : la Médisance, la Calomnie et la Vengeance, naît souvent à son tour d'un monstre encore plus hideux peut-être, je veux parler de l'Envie..... L'envie.... quoi de plus inique et de plus vil ? Quoi de plus pénible à porter pour le cœur de l'homme ? Quel inconcevable délire que de s'attacher de ses propres mains à la croix de l'envie ! Et pourtant que d'âmes, avouons-le douloureusement, oui, que d'âmes agonisent sur cet ignoble Calvaire ! Chose incroyable ! il est des hommes que toute supériorité froisse et offusque. Esprit, beauté, fortune, honneurs, vertu même, tout choque et blesse l'envieux. Il semble que dans autrui tous ces dons sont autant de vols faits à son détriment. Quoi de plus souverainement injuste ? Peut-on montrer un cœur à la fois plus étroit et plus abject ? Quiconque jalouse les autres ne prouve-t-il pas qu'il leur est inférieur ? Ne confesse-t-il pas hautement sa propre petitesse

devant leur grandeur? Ne proclame-t-il pas haute-
tement qu'il ne possède point ce qu'il convoite et
ce qu'il envie?

Il est deux dons du Ciel particulièrement en viés
dans le monde..... la beauté et l'esprit. Le dirons-
nous?... la femme ne sait guère pardonner à la
femme d'être belle, l'homme ne sait guère pardonner
à l'homme la suprématie de l'intelligence. Que
d'obstacles surtout à traverser par le génie avant
qu'il parvienne à se faire accepter! Quelle grande
idée, quelle œuvre sublime ont jamais surgi incon-
testées parmi les hommes?

Certes, l'esquisse que nous venons de tracer des
principales passions n'est pas flattée; elle prouve
bien que nul plus que nous n'a horreur de leurs
excès. Eh bien! nous affirmons toutefois que la
Providence doit en être absoute. D'abord elle nous
a donné assez de force morale pour résister à leur
entraînement. Elle a voulu que nous fussions malheureux en nous livrant à leurs dérèglements divers.
Quel puissant préservatif! Et puis, la flamme dont

elle en a composé le germe dans nos cœurs peut,
sagement ménagée, ne servir d'aliment qu'aux
ardeurs de la vertu. La haine et l'envie elles-mêmes,
que nous venons de flétrir à si juste titre, ne sont
que deux détestables écarts de l'émulation et de
l'amour de la gloire, ces deux sources de grandeur,
de dévoûment et d'héroïsme. Écoutez le grand poète,
le grand moraliste des *Nuits* s'écriant : « O vous,
« froids philosophes, qui prenez votre tempérament
« glacé pour règle de vos jugements, vous osez
« blâmer l'ardeur des passions, vous déshonorez
« ces nobles agents d'une âme immortelle en leur
« assignant une source impure et coupable. Le
« crime, il est vrai, naît de leur abus ; mais elles
« n'en sont pas moins sorties pures des mains du
« Créateur. Ce sont des étincelles détachées de cet
« océan de feu, et communiquées à l'homme pour
« animer son ardeur. Quelles que soient ici-bas
« leurs méprises, je sens, je découvre la grandeur
« de leur origine et de leur but jusque dans leur
« disgrâce. Reines détrônées, elles conservent dans

« leur abaissement des traits de leur majesté pri-
« mitive; et si la raison les soumet à son frein,
« elles reprennent la dignité de leur vocation pre-
« mière. »

Les passions sont donc une tendance et une
faculté bonnes en elles-mêmes. Il ne s'agit que
d'en réprimer l'élan, et de le diriger de la terre au
ciel. Pour y parvenir, on ne saurait, selon moi,
faire rien de mieux que d'inspirer de leurs excès
une profonde et ineffaçable horreur.

Si j'étais Ingres, Horace Vernet ou Delacroix, je
composerais à grands traits les quatre tableaux sui-
vants :

1° Je peindrais un cavalier amaigri et blême
attaché à cru sur un cheval furieux côtoyant mille
précipices,

Et je mettrais au-dessous ces simples mots :

NOUVEAU MAZEPPA OU L'AMBITIEUX.

2º Je tracerais l'image d'un condamné à mort sur le point d'être fusillé, et à qui le cruel Amour banderait les yeux en riant du sort de sa victime.

A la suite se lirait cette inscription :

## LE LIBERTIN.

3º Je représenterais de nouveau, et cette fois sous des couleurs vivantes, la figure hâve et presque exsangue de Tantale mourant de faim et de soif au sein de la plus luxuriante abondance,

Et j'écrirais au bas :

## L'AVARE.

4º Je jetterais frémissant sur la toile un hydrophobe qui, la bouche pleine d'écume, détournerait

sa face d'un corps brillant et poli intitulé *le Mérite,*
Et j'étiquèterais ainsi :

## L'ENRAGÉ OU L'ENVIEUX.

Muni d'une autorisation expresse du Gouvernement, j'exposerais ces quatre tableaux sous le
vestibule du grand musée du Louvre, et je croirais
avoir publié en quatre chapitres un bon livre de
morale.

## INÉGALITÉ DES CONDITIONS HUMAINES

o

Voyez-vous ce navire fendre avec assurance les flots de l'Océan, passer impunément au milieu des récifs et des bancs de sable, et toujours prêt à braver les coups de la tempête? Savez-vous d'où viennent cette sécurité et cette course hardie au travers de tant de périls?... De l'ordre et de l'autorité qui règnent à bord. Là commande un chef expérimenté, sur la tête de qui pèse la responsabilité du bâtiment. L'officier de quart y veille assidûment, et le pilote ne s'endort jamais sur la foi des vents ou des étoiles. L'équipage tout entier, dans ses rangs divers, obéit aveuglément; et depuis le mousse qui monte au haut des mâts jusqu'au capitaine ordonnant sur le pont ou réfléchissant dans sa cabine, chacun remplit religieusement son devoir. Eh bien! supposez que cet heureux état de choses vienne à se troubler; mettez la révolte et le désordre à la place de la hiérarchie et de la règle ; d'une telle confusion naîtront des périls en foule, et le vaisseau, mal gouverné au milieu de l'anarchie et du désordre, flottera désormais au hasard, et risquera de sombrer sous le moindre choc dans le sein des abîmes.

Voilà l'image de la société. Heureuse et calme quand elle est dirigée par un gouvernement protecteur et qu'elle s'appuie sur des rangs sagement définis et coordonnés, elle serait bientôt troublée et anéantie sous l'empire de circonstances contraires. Entre ses moyens de bonheur et même d'existence figure en première ligne l'inégalité des conditions. L'égalité de rang, de fortune, de position sociale, en un mot, est une utopie évidemment irréalisable. Comment, en effet, établir entre les hommes l'égalité d'aptitudes naturelles

soit du corps, soit de l'esprit; l'égalité de penchant soit au bien, soit au mal; l'égalité de plaisir,
l'égalité de souffrance : autrement dit l'égalité de
santé, de force, de beauté, d'humeur, de caractère, d'intelligence, de savoir et de vertu? Et
pourtant ce n'est qu'au sein de semblables identités
que vous pourriez supposer, ne fût-ce que pour un
instant, l'existence de l'égalité de fortune et de
rang. Si la pauvreté en particulier disparaissait de
la terre, où en serions-nous? La société périrait
dans une oisiveté universelle. Quelle puissance, en
effet, organiserait le travail nécessaire à la vie
humaine? Dès lors, les champs resteraient sans
culture, et nul n'exercerait les arts mécaniques les
plus indispensables à l'existence. La richesse universelle produirait, encore une fois, la paresse et
la misère de tous, et le genre humain s'effacerait
du globe.

L'égalité dans la nature, devant Dieu, devant la
loi civile, voilà la seule égalité absolue et exigible
au nom des droits de l'homme. Vouloir établir

l'égalité de fortune, de fonctions et même d'honneurs dans un État quelconque serait tenter
l'absurde, essayer l'impossible. Celui qui rêverait
l'établissement d'une semblable chimère pourrait
être justement soupçonné de préméditer l'injustice,
le désordre, l'oppression et la ruine complète de la
société. Une pareille opinion, au milieu des progrès
de la raison publique, pourrait être regardée à juste
titre comme un simple prétexte de tout bouleverser
et de tout détruire.

L'égalité dont je parle dans le Poème n'a pour
objet que la possession des vrais biens que la
Providence départ à peu près dans la même proportion à tous tant que nous sommes, et qui nous
viennent directement de la nature. Sous ce rapport,
en effet, les hommes sont plus égaux qu'on ne
penserait au premier abord. Je ne reproduirai pas
ici les motifs de cette persuasion, que j'ai assez
explicitement indiqués dans l'œuvre poétique. D'ailleurs, qui ne le voit? Dieu a mis également à la

portée commune les seuls biens véritables, c'est-à-dire la santé, la force, le travail, le sommeil, les plaisirs innocents de la table, l'amitié, l'amour conjugal et paternel, la paix de la bonne conscience. La Providence n'a inégalement départi que les biens factices.

Au surplus, pour en venir à la moralité de ce chapitre, disons et disons bien haut que, si l'inégalité des conditions est nécessaire et d'institution divine par le fait même de sa nécessité, elle est bien loin de faire autant de malheureux qu'on le suppose, du moins dans les régions inférieures de la société. Au lieu du faux bonheur de la richesse, des honneurs et des lumières de l'esprit, que de compensations ont été ménagées en faveur de la pauvreté, de l'obscurité et de l'ignorance. Pour s'en convaincre on n'a qu'à lire Massillon prêchant sur le *malheur des grands*.

On ne saurait trop s'attacher à répandre cette vérité, que, somme toute, le bonheur n'est pas le partage de quelques privilégiés de la Fortune, et que la masse des hommes est loin d'être déshéritée de Dieu. Nous devrions tous jouer de nouveau, en maintes circonstances particulières, le rôle de Ménénius Agrippa haranguant le peuple mutiné sur le mont Aventin. Le peuple de tous les temps n'a souvent besoin que d'être paternellement éclairé pour qu'il s'apaise.

Au reste, la société, qu'on le sache bien, existe de par Dieu. Il n'est pas au pouvoir de l'homme de la détruire. Que les factieux et les malfaiteurs en prennent bien leur parti. Si les méchants avaient pu prévaloir contre les bons, dès longtemps ceux-ci n'existeraient plus. Mais non, les citoyens vertueux seront toujours en majorité, ne fût-ce que par le courage, pour défendre l'ordre social attaqué, et, comme l'ancienne Rome, l'Europe contemporaine saurait déjouer, au besoin, les sourdes menaces de nouveaux Spartacus et de trop modernes Catilinas.

## DE LA FAMILLE

❡

La bonté divine ne se montre jamais plus tou-
chante envers nous que dans les douceurs qu'elle
nous a ménagées au sein de la famille.

La famille est une société au petit pied. De la
réunion des familles sous la sauvegarde des gouvernements protecteurs résulte la société tout entière.
Or, Dieu, qui veut éminemment le maintien et la
durée de celle-ci, favorise puissamment tout ce qui
peut être utile au bien de la famille elle-même. En
vertu de cette loi, si connue, qui proportionne la
satisfaction humaine à l'importance des devoirs
accomplis, le Ciel semble avoir concentré pour nous
la plus grande partie du bonheur dans l'amour des

nôtres et du foyer domestique. C'est de là que nous partons trop souvent pour chercher longue et laborieuse aventure dans le monde, et c'est là que nous revenons tôt ou tard pour y retrouver les doux souvenirs du berceau. Nous venons y déposer le lourd bagage de déceptions sans nombre que nous avons tristement recueillies dans notre pèlerinage de paladins de la destinée à travers les bruits creux et les vaines espérances de la vie extérieure et nomade. En aucun temps peut-être ce contraste de deux existences successives au dedans et en dehors de la famille n'a été aussi remarquable qu'il l'est à l'époque présente. Aujourd'hui, en effet, par suite de la tendance des esprits et des intérêts, comme aussi de l'extrême division des ressources héréditaires, nous sommes portés à nous disséminer étrangement. A cet égard nous en sommes venus à ressembler, en quelque sorte, aux petits des oiseaux qui s'empressent de quitter le nid maternel pour s'envoler à tous les vents de l'horizon, et cela lorsque à peine leur ont poussé les ailes. La société

actuelle rappelle presque à ce sujet la dispersion
primitive qui eut lieu à partir du pied de la tour
de Babel. Singulière identité de résultat de causes
si contraires, et à des distances respectivement si
éloignées. Mais ce que les téméraires maçons de la
grande tour ne rencontrèrent plus, nous finissons
généralement, nous, par le retrouver. Oui, les
sentiers plus ou moins sinueux battus par notre
destinée errante nous reconduisent presque toujours
au point de départ, c'est-à-dire sous le toit de nos
pères, ou du moins à côté, et, en quelque sorte, à
l'ombre de notre berceau. Où que nous soyons
exilés, un irrésistible instinct nous excite à espérer
que la cloche modeste qui tinta l'heure de notre
naissance sonnera tristement mais héréditairement,
si je puis ainsi dire, l'heure de notre mort; et nous
rêvons le bonheur, si négatif en apparence mais
si vrai au fond, de mêler notre poussière à celle
de nos proches, et, s'il était possible, de tous ceux
que nous avons premièrement aimés.

C'est dire ou répéter que la Providence a placé

dans le sein de la famille la meilleure part de félicité
ici-bas échue à l'homme. Rien de plus vulgaire que
cette observation, me sera-t-il dit peut-être. Avant
moi, en effet, des milliers de voix ont proclamé un
tel bonheur. Cela est vrai ; je crois toutefois qu'on
n'en a pas encore fait suffisamment ressortir tous
les éléments. Ainsi, par exemple, soit pudeur,
selon moi fort déplacée, soit tout autre sentiment
que je ne saurais comprendre, on se tait généralement sur l'ineffable bonheur de la paternité, de la
maternité même, si l'on n'aime mieux aller jusqu'à
en dire du mal. On insiste fort peu sur les douceurs
de l'affection fraternelle ; et quant à la tendresse
filiale, on en parle d'ordinaire beaucoup plutôt
comme d'un devoir que comme d'une jouissance.
Et pourtant, peut-on concevoir rien de supérieur
à ces trois principales sources de joie humaine ?
Ce n'est pas ici le lieu d'entrer dans les développements que comporterait cette matière. Je me
bornerai à une seule remarque. A-t-on jamais songé
sérieusement à cette admirable attention de la Pro-

vidence qui, par le jeu d'une ressemblance vraiment
prestigieuse, nous fait retrouver si délicieusement
épars en nous et dans nos enfants les portraits
vivants des auteurs de nos jours? Qu'on y regarde
de près, et l'on trouvera toujours en soi ou autour
de soi la taille, les traits, le regard et jusqu'au
son de voix d'un père et d'une mère tendrement
aimés. On sera heureux d'y retrouver aussi des
frères et des sœurs ravis à nos vœux par la mort
ou par l'absence, cette douloureuse fiction de la
mort elle-même. Encore une fois, que l'on s'étudie
à faire une si aimable analyse au sein de sa famille,
et l'on restera confondu des détails touchants d'une
si fidèle et si consolante reproduction. Je dois cette
petite mais bien chère découverte à mon extrême
sensibilité, qui non-seulement m'excite à remplacer
par toutes les ressources de ma mémoire ceux que
j'ai perdus pour toujours ou pour un temps, mais
qui me fait sans cesse craindre des vides dans les
objets que je possède encore, et qui sont présents
aux yeux de ma tendresse. Qu'on me pardonne

42

le mot de découverte que je viens d'écrire ; je m'en prévaux non pour le fond d'une idée qui est notoire, mais quant à son étendue. On croit universellement aux ressemblances de famille ; mais ce que j'ai observé et ce que j'affirme, c'est que ces ressemblances sont complètes en ce sens que, séparées ou réunies, elles nous rappellent tous les nôtres, — sans exception.

A l'aide de ces merveilleuses reproductions la nature vient au secours des affections du pauvre. Il n'a pas, lui, de quoi se faire sculpter ou peindre ; mais, grâce au moyen providentiel que je viens de signaler, il lègue, aussi bien que le potentat, son buste et son portrait à sa postérité. Ici donc je dis encore : O bienfaisante et divine harmonie !

Nos parents nous quittent d'ordinaire lorsque nous n'avons plus besoin d'eux matériellement. Alors naissent ou grandissent nos enfants pour combler un peu du vide qui se fait dans notre âme ; pour continuer à nourrir notre faculté d'aimer, et pour nous donner à leur tour les soins que nous avons prodigués à nos pères et à nos mères. Entre la mort de ceux-ci et la naissance des petits-enfants, j'ai fréquemment observé une coïncidence dont la précision a de quoi surprendre. Combien de fois ne l'ai-je pas constatée à la lecture des relevés mensuels des registres de l'état civil tenus pour les naissances et pour les décès.

On ne saurait sans courir, pour ainsi dire, risque de trivialité, citer après tant d'autres la prospérité proverbiale des familles nombreuses. Qui n'a pu remarquer, en effet, le bonheur de leurs divers membres, fondé particulièrement sur leur union ordinairement exemplaire? Mais une circonstance importante à mes yeux, et qui a peut-être échappé jusqu'ici à l'observation, c'est que les derniers nés de ces familles privilégiées paraissent traités encore avec une sorte de préférence dans cette distribution des faveurs de la Destinée entre des frères. Ainsi sans doute procède la Providence afin de mieux faire éclater à nos regards sa puissance bienfai-trice, qui se plaît à multiplier si manifestement les

moyens de prospérité et de bien-être en raison
inverse apparente des probabilités favorables. Le
dernier venu surtout, dans une famille pauvre mais
honnête, dont il menaçait d'être le funeste fardeau,
en est souvent devenu la fortune et la gloire. Je
prie mes lecteurs de vouloir bien faire avant tout
un sérieux appel à leur mémoire et à leur réflexion,
et je ne craindrai plus d'être contredit par eux
dans mon assertion, en apparence un peu hasar-
deuse.

Quoi de plus extraordinaire que le respect des
parents entre eux éloignant jusqu'à l'idée de l'attrait
des sexes? Quoi de plus marqué du sceau de
l'influence suprême?

Cette action divine s'exerce même visiblement
sur la transmission des fortunes. Celles qui sont
mal acquises ne passent guère à la troisième génération. Il n'est pas jusqu'à la sordide avarice qui ne
soit punie dans sa plus prochaine postérité. Répé-
tons avec le commun des gens ces maximes, qui

n'en sont pas moins vraies pour être populaires :
« Ce qui vient au son de la flûte s'en retourne au
son du tambour. — A père avare fils prodigue. »
Les pères honnêtes, au contraire, lèguent à leurs
enfants des héritages qui se perpétuent comme les
heureux exemples de leur probité. Chacun peut
constater autour de lui la vérité de résultats si
divers.

Qui ne verrait surtout l'empreinte providentielle
dans l'union de l'homme et de la femme? Quoi de
plus merveilleux que leur rôle réciproque dans le
cours de leur existence? A l'homme la gravité, la
force, l'activité, le maniement laborieux des affaires;
à la femme la grâce, la tendresse, l'enjouement,
les soins minutieux de la chose intérieure et domestique. L'homme sage prend toujours conseil de sa
femme, sauf à ne pouvoir toujours s'y conformer.
Ne craignez pas l'abus de la puissance sur la faiblesse. Esclave en apparence, la femme domine
l'homme en réalité, au moins pour les détails ordinaires de la vie. La femme est douée d'un admirable

bon sens. Quoique inférieure à l'homme sous beaucoup de rapports, elle sait par son adresse racheter
cette différence. La douceur, l'insinuation et l'art
savent amollir, atténuer la force virile. L'empire
semble appartenir à l'homme; il en a le nom, mais
la femme en a la chose. Roi de droit, l'homme
tient le sceptre, mais il est heureux de le déposer
aux pieds d'une compagne qui sait lui plaire. De là
le doux et persévérant accord entre l'homme et la
femme, dont l'un est né pour penser et pour agir,
et l'autre pour conseiller et pour aimer. O admirable
artifice de la nature!

Une pensée me frappe à propos de la dignité des
deux sexes, comparée au point de vue du christianisme. Dieu est né à l'état d'homme, mais il n'a
été humainement conçu que par la femme, c'est-à-
dire qu'en descendant sur la terre le Fils de l'Éternel
n'a choisi parmi nous que sa mère.

Ainsi que nous avons eu déjà l'occasion de le
répéter après tout le monde, le mariage, qui, en
principe, est évidemment d'institution divine, est

aussi, en fait, d'émanation céleste. Pour s'en
convaincre, on n'a qu'à examiner les étroites et
nombreuses sympathies de toute espèce qui existent
entre deux époux lorsque leur union est l'œuvre
de la nature, c'est-à-dire de Dieu, au lieu d'être
celle des passions. Aux yeux d'un observateur
attentif, combien il y a là d'harmonies physiques et
morales tendant au bonheur de l'homme et de la
femme comme à celui des enfants, et au maintien
normal de l'espèce humaine tout entière. D'ordinaire
entre les époux les goûts et les penchants, les
dons de l'esprit et du cœur comme ceux du
tempérament sont différents et semblent même
contraires; mais c'est justement de ce contraste
apparent que naît l'accord sympathique entre le
père et la mère, ainsi que l'heureuse convenance
de la constitution organique et même de l'éducation
des enfants. L'homme grand de taille épouse généralement une petite femme, et réciproquement;
souvent de fort beaux traits s'unissent à des physio-
nomies beaucoup moins favorisées de la nature.

Cette double opposition tend au maintien perpétuel
du type primitif de la stature comme de la beauté
humaines. En général, les tempéraments des époux
paraissent être non semblables, mais similaires et
faits les uns pour les autres. On pourrait presque
en dire autant de leurs âmes. J'ai eu l'occasion
d'observer une singularité assez étrange au premier
abord, mais qui rentre dans la loi providentielle
régissant le mariage, et qui la fait même, ce me
semble, ressortir avec plus d'éclat. Il est des jeunes
gens des deux sexes nés avec le penchant à épouser
des veufs ou des veuves de préférence et particulièrement avec charge de famille... Il fallait un appui,
des soins à de jeunes orphelins : de là sans doute la
vocation de ceux qui se complaisent à les adopter
pour enfants. J'ai été vivement frappé d'une pareille
prédisposition, de l'existence de laquelle je saurais
d'autant moins douter que j'ai vu cette tendance de
caractère conjugal régner héréditairement dans une
famille. Un homme que je n'avais plus vu se plai-
gnait un jour amèrement, en ma présence, de la

prétendue folie de son jeune fils, qui s'obstinait
à vouloir épouser une veuve, mère d'une nombreuse
famille. Je ne sais par quel mouvement d'intuition
soudaine il me vint à l'esprit de lui demander
comment il s'était lui-même marié. « Ah ! ne m'en
« parlez pas, Monsieur, me répondit-il ; j'ai eu aussi
« ce malheur. J'épousai une pauvre veuve chargée
« d'enfants, et Dieu sait toutes les peines que j'ai
« eues à les élever. C'est ma triste expérience qui
« m'excite si fort à tâcher d'épargner une telle
« position à mon fils. » Je n'ai pas su les suites de
cet incident ; mais j'ai la persuasion que le mariage
du jeune homme eut lieu malgré toutes les résis-
tances du père. Ils étaient l'un et l'autre *prédestinés*
à l'adoption des enfants d'autrui.

Ce n'est au surplus (toujours selon moi) que par
exception que les veuves, en particulier, ont besoin
du secours d'un nouvel époux. On voit ordinairement la femme restée veuve se suffire à elle-même
et à ses enfants, quel qu'en soit le nombre. Elle
est, en général, pleine de force et de courage.

43

C'était prévu, dirai-je ; et il le fallait ainsi pour
l'administration des intérêts, pour l'éducation et
l'avenir de la famille orpheline. Ce résultat, d'ailleurs, était préparé par le principe que j'ai également
observé, et en vertu duquel l'homme faible s'unit
à la femme robuste, et réciproquement, afin que le
survivant ait le courage de sa destinée. Que de
femmes on pourrait citer dans la vie privée dont le
veuvage se distingue par l'intelligence la plus active
et par la vertu poussée même quelquefois jusqu'à
l'héroïsme. Que de Blanche de Castille, que de
Catherine de Russie, que de Marie-Thérèse ignorées,
et à qui il n'a manqué que l'éclat d'un trône pour
conquérir à jamais l'admiration des hommes ! Il est
aussi, quoi qu'on en dise, dans l'état même de
notre société actuelle, des exemples de plus d'un
heureux à la fois et infortuné Mausole, à qui son
inconsolable compagne dresse, sinon dans le marbre
et l'airain, du moins dans son cœur à jamais fidèle,
un monument digne d'Artémise.

Encore un nouvel et dernier aperçu. Il s'agit

d'une particularité purement matérielle, mais qui me paraît néanmoins occuper un rang important dans le dessein providentiel relatif à la conservation de l'humanité.

D'après une règle très-générale et qui souffre peu d'exceptions, la fille ressemble au père et le garçon à la mère. Ce fait est d'observation vulgaire ; mais je n'en ai vu nulle part l'explication, qui pourtant me semble être aussi simple qu'évidente. Le mouvement et la variété règnent comme condition essentielle d'existence dans la nature physique et dans le monde animé. Voyez l'air, voyez l'Océan presque toujours agités ; voyez les peuples incessamment mêlés les uns aux autres par le commerce, par l'émigration climatérique, ou même par l'invasion. Eh bien ! cette variation si constante et si mouvementée se trouve avoir été établie aussi pour la procréation animale. De la reproduction du genre mâle dans le genre femelle, et *vice versá*, que nous venons de citer, naît une heureuse interversion destinée à maintenir, d'après moi, le type sain et primitif de l'espèce. L'homme sait bien qu'il faut croiser les races, et il est assez attentif à les croiser en effet, du moins dans les animaux ; mais la nature va plus loin : dans son incomparable sagesse, elle croise même les sexes. Quel artifice profond et merveilleusement conservateur! O combinaison ineffable! ou, disons mieux : ô adorable et toute-puissante Providence!

## DE L'AFFLICTION

L'affliction elle-même sert au bien de l'homme, et doit être rangée, elle aussi, parmi les dons du Ciel. Elle fait d'ailleurs partie essentielle de la grande loi de tristesse et de souffrance expiatoires qui pèse évidemment sur nos destinées en cette vie éphémère. Mais que reste-t-il à dire à cet égard?... Essayons pourtant de hasarder, nous aussi, quelques mots sur l'affliction.

Je ne vanterai pas ses attraits intimes et absolus, tant s'en faut. La répulsion naturelle qu'elle nous inspire nous empêche de concevoir pour elle aucune sympathie qui approche même de l'amour platonique. Oui, sans doute, l'affliction est un buisson

épineux; mais la main de l'homme peut encore
se hasarder à y cueillir quelques fleurs, au risque
de se blesser à ses aiguillons. Nous y voyons
éclore et s'épanouir de grandes et suaves vertus
sous les rayons du soleil de l'éternelle et miséricordieuse justice. On y voit naître surtout et se
développer la piété, la modestie, la charité, la
patience et le courage. Le propre d'une prospérité
sans mélange et d'une joie constante serait de porter
à l'oubli de Dieu, d'enfler à la fois et d'endurcir le
cœur. Trop d'exemples du moins nous autorisent à
le croire. D'autre part, rien n'énerve autant l'âme
en la surexcitant qu'une longue série de jours d'un
bonheur non interrompu. Contre ces déplorables
tendances nulle résistance n'est plus puissante que
le chagrin de l'âme. Toujours heureuse, elle sentirait
moins sa dépendance comme créature, et le besoin
d'honorer son Auteur en recourant à lui. Elle s'esti-
merait à trop haut prix, confondant sa bonne fortune
avec son mérite. Elle ignorerait en grande partie
tout ce qu'il y a de poignant dans les angoisses

d'autrui qu'elle n'aurait jamais éprouvées. Étrangère
à tout effort, à toute lutte, elle n'aurait pas l'occasion
d'accroître son énergie en l'exerçant. Elle risquerait
donc de tomber, ou dans la vanité orgueilleuse, ou
dans la sécheresse égoïste, ou dans une pusillanime
langueur. Elle tendrait, en un mot, vers la sensualité
et vers la matière. L'affliction, au contraire, vient
relever nos regards vers le Ciel ; elle nous retrempe
vivement pour tout ce qui est vrai, juste, beau,
grand, et par conséquent difficile dans le monde de
la morale et de la pensée. Elle nous inspire, en
particulier, à un très-haut degré, l'amour de nos
semblables et la plus ardente sympathie pour le
malheur..... que nous avons ressenti. « *Non ignora
mali, miseris succurrere disco.* » O Virgile, tu n'aurais
pas trouvé ce magnifique sentiment dans ton cœur,
si tu n'avais eu, toi aussi, à traverser des jours
d'infortune !

L'adversité est une grande école, d'où sont sortis
d'illustres élèves. Elle apprend à pratiquer la grandeur d'âme, les belles actions et d'héroïques vertus.

C'est sans doute sous le point de vue de l'éminent
degré de perfection auquel l'affliction tend à nous
élever, et du mérite privilégié qu'elle nous procure,
que la sainte voix de l'Évangile proclame bienheureux ceux qui pleurent. Dieu, en effet, est plus
particulièrement avec ceux qui souffrent, ne fût-ce
que pour les aider à supporter leurs épreuves. Sans
doute il leur envoie, au besoin, ses anges consolateurs pour les soutenir, eux aussi, dans leur Jardin
des Olives.

A la douleur corporelle comme source d'affliction
s'applique tout naturellement ce que je viens de
dire de l'affliction elle-même. J'ajouterai néanmoins :
Pourquoi tant se récrier contre la douleur? Si elle
est longue, elle est peu vive; si elle est poignante,
elle est, en général, de courte durée. Nous ne
pouvons endurer qu'une somme d'angoisses donnée;
au delà... la syncope ou la mort. L'Auteur de notre
être physique et moral a pris exactement la mesure
réciproque de nos forces et de nos épreuves de toute
nature.

L'un des effets salutaires de la douleur proprement
dite, comme de toutes les nuances d'affliction, c'est
de nous inspirer un saint dégoût de ce qu'il faudra
laisser un jour. Quel inappréciable avantage d'être
ainsi amené à mépriser la vie, et à ne pas redouter
la mort !

Je retrouve dans les notes extraites de mes lectures
les observations suivantes, qui m'ont paru compléter
heureusement l'expression de ma pensée sur la
douleur :

« Oui, la douleur est aussi un bienfait de Dieu.
C'est la douleur qui m'arrête sur les bords de
l'abîme, et m'empêche d'y tomber. C'est la douleur
qui me maintient dans la voie que je dois suivre.
Sans la douleur physique il y a longtemps, ce me
semble, que mon corps n'existerait plus; il y a
longtemps que, par ignorance, par folie ou par
malice, je l'aurais détruit ou laissé détruire. Sans
la douleur morale, moins vive mais plus déchirante
que la première, sans le remords, sans la crainte,

44

sans la honte, à quel épouvantable désordre ne
serais-je pas arrivé? Sans la douleur intellectuelle,
sans l'inquiétude d'esprit, le poids de l'ignorance,
le malaise de l'erreur, comment aurais-je pu
m'instruire? Comment, ô mon Dieu, aurais-je pu
vous connaître, et par conséquent vous aimer! »

Homme, prends donc courage! Bois sans frémir
le calice de l'affliction. Que dans tes yeux émus la
joie brille à travers tes larmes. Songes quand tu
souffres que les dons du Ciel descendent de préférence sur les fronts inclinés par la douleur et
l'infortune!

## DU MALHEUR

○

Je me garderai bien de traiter *ex professo* du malheur. C'est un sujet sur lequel les moralistes ont de tout temps suffisamment exercé la sagacité de leur intelligence. Au point de vue magistral et dogmatique la matière est épuisée. Ici donc, comme sur tous les autres sujets de mes observations, je ne ferai qu'esquisser quelques traits personnels à la suite du tableau des grands maîtres.

Heur et malheur, voilà la vie. C'est avec raison qu'on l'a dit si souvent. Plus oublieux du bien qui nous arrive que du mal qui nous frappe, nous croyons trop généralement que les maux viennent rarement isolés, et que nous sommes d'ordinaire

en butte à plusieurs simultanément. Que ne nous
plaisons-nous à remarquer, au contraire, que très-
fréquemment après un malheur, ou ce que nous
croyons tel, il nous advient un bonheur très-sensible,
et souvent même inespéré? Avez-vous perdu un
enfant jeune encore, un autre vous naît contre
toute attente, et dont les heureuses qualités vous
comblent de joie. Le Ciel vous reprend-il un père
et une mère bien aimés, il vous donne comme
miraculeusement une épouse digne d'eux et de
vous ; et, grâce à ses douces vertus, vous supportez
moins amèrement, *à deux*, la douleur d'une perte
en elle-même irréparable. « Isaac, est-il écrit, aima
tant Rébecca qu'il en fut un peu consolé de la mort
de sa mère. » Oh! combien ce trait de la Bible a
été puisé profondément dans la nature!... Je suis
intimement pénétré de la vérité de ces sortes de
compensations divines appliquées à notre destinée,
et, particulièrement, de ces oscillations presque
régulières de malheur et de bonheur humain. Je
me hasarde même à augurer de l'avenir dans ce

sens, soit pour des parents, soit pour des amis
plongés dans l'amertume; et, le dirai-je? rarement
l'événement trompe mes prévisions. C'est surtout
dans cet ordre de faits que, s'appuyant sur la
constance de la bonté divine, qui plane sur tous les
accidents de notre vie, un esprit vaste, observateur,
et par-dessus tout éminemment moral, pourrait
créer une théorie magnifique, et jeter comme sur le
roc le fondement d'un nouvel et sublime calcul des
*probabilités.*

Principalement à la suite de disgraces publiques
imméritées, j'ai eu l'occasion de prévoir une foule de
réhabilitations qui se sont réalisées à point. Il est vrai
qu'il s'agit ici de réparations sociales que la justice
divine ne saurait renvoyer au monde à venir, où la
société humaine n'existera plus dans ses conditions
actuelles. Du reste, qu'on ne s'y trompe pas, Dieu
commence souvent (je l'ai infailliblement remarqué)
la rémunération de la vertu, même dans ce monde,
bien qu'il puisse se réserver de l'accomplir plus
magnifiquement dans l'autre. Sur combien de faits

consolants repose une telle observation. Consultez
l'histoire sacrée et profane : que d'exemples semblables vous y verrez se dérouler à vos yeux, à
commencer par celui de Joseph, fils de Jacob !

Un malheur ne vient jamais seul, dit-on vulgairement; et du bonheur on ne dit rien sous ce rapport.
Et pourtant combien de fois ne nous en arrive-t-il
pas une gracieuse série dans le cours de notre
existence. Mais nous en perdons aisément la mémoire. La présence du bien se fait beaucoup moins
sentir que son absence ou la présence du mal, et
elle réveille en nous des souvenirs beaucoup moins
durables, C'est à la réflexion, présent du Ciel, à
rectifier ces tristes tendances de notre injuste
légèreté.

Ainsi nous jouissons, la plupart, d'une santé
presque constante, et ce merveilleux état d'équilibre
dans le jeu de nos organes ne nous impressionne
guère. Que cette heureuse situation vienne à être
même assez légèrement troublée, nous voilà aussi

douloureusement surpris qu'extraordinairement sur-
excités. Quelles plaintes unanimes s'élèvent de la
surface entière du globe contre... la maladie. Eh
bien! ce monstre si affreux aux yeux de notre
irréflexion et de notre délicatesse est lui-même le
plus souvent un bienfait de la nature. Combien de
fois n'est-il qu'un moyen d'épurer notre constitution, de prévenir un dérangement ultérieur et
plus profond dans notre santé qui s'altérait sourde-
ment. Les grands médecins, à commencer par
Hippocrate lui-même, sont unanimes à reconnaître
et à proclamer que la maladie n'est, en général,
qu'un effort laborieux de la nature pour le maintien
ou le rétablissement de l'exercice normal des lois
de la vie, c'est-à-dire de la santé. En général, la
maladie n'entraine pas la mort. Sur un millier
approximatif d'affections ordinaires qui frappent
l'espèce humaine sous nos climats, le plus grand
nombre affecte le caractère dit *aigu*, c'est-à-dire
passager, et le plus souvent il est curable. Quant
aux affections plus longues, et pour cette raison

désignées sous l'attribut de *chroniques*, elles offrent
généralement plus de danger; mais, outre qu'elles se
terminent assez fréquemment par un rétablissement
plus ou moins complet, elles s'accompagnent de
nombreuses intermittences de calme, et de plus ou
moins vrais mais toujours consolants retours à la
santé. Chose surtout admirable, c'est qu'il est de
leur nature de produire dans l'âme du patient ou
l'espérance de la guérison, ou le sentiment de la
résignation à une fin sereinement prévue. Je n'ai
jamais rencontré de malade qui ne fût dans l'une
de ces deux dispositions d'esprit.

Qui ne sait, d'autre part, les bons effets moraux
produits par la tristesse et par la réflexion sur soi-
même, qui sont les compagnes ordinaires de la maladie
comme de l'affliction en général? Combien de fois,
à ce titre, une maladie n'est-elle pas un bienfait
du Ciel? Non-seulement elle tend à perfectionner
encore notre âme quand elle se trouve dans un
heureux état de vertu, mais elle sert d'autres fois

à nous arracher violemment aux sentiers du mal,
et à rappeler l'homme à la morale et à Dieu. « *Tunc
meminit esse Deos!* » s'écrie Pline le Jeune lui-même
dans une de ses immortelles lettres si pleines du
sentiment du vrai et du bien. Les loisirs douloureux
du mal nous convient pour l'avenir à la modération et
à la tempérance qui le préviennent; ils nous rendent,
en nous le faisant désormais apprécier dignement,
au sentiment de félicité physique et morale résultant
de la possession de la santé, ce trésor si souvent
méconnu, et pourtant le plus précieux de tous après
la vertu. Oui, la maladie n'est souvent qu'un avertissement providentiel qui nous ramène dans les
voies de la santé, d'où nous détourneraient de
vicieuses habitudes pour nous conduire à la mort.
Mais il y a plus. J'ai observé que les vieillards, en
particulier, ne meurent pas d'une première, et
qu'ils succombent presque toujours à une seconde
maladie. L'avertissement est ici, on le conçoit,
d'autant plus paternel qu'il doit être le dernier.

Qui n'admirerait de si merveilleuses harmonies?

45

On les voit éclater partout quand on en suit
attentivement la trace divine. On le croira difficile-
ment, et pourtant rien à mes yeux n'est plus vrai,
nos tempéraments, et nos caractères par conséquent,
sont formés *à priori* de telle façon qu'ils se trouvent
en rapport avec les événements de la vie qui nous
touchent de plus près. Entre eux il existe des relations réciproques de cause et d'effet destinées à
prévenir les plus pénibles et les plus funestes
résultats. Ainsi la constitution lymphatique, d'ordinaire si molle et si peu impressionnable, est aussi
de toutes la plus fertile en maladies graves ou en
infirmités plus ou moins hideuses, et même en morts
précoces. L'homme au tempérament nerveux, au contraire, doué d'une sensibilité si exquise, est commu-
nément sain et longève. Ainsi lui sont épargnées, soit
pour lui, soit pour ses enfants similairement consti-
tués, la plupart des chances d'accidents mortels qui,
subis par lui ou même seulement prévus, devien-
draient le désespoir de sa vie. J'ai rencontré dans
les Hautes-Alpes un digne homme, marié à une

troisième et fort jeune femme, qui, avec le plus
grand calme, et pour ainsi dire le sourire sur les
lèvres, me dit plusieurs fois avoir perdu tous les
enfants, au nombre de onze, qu'il avait eus de ses
deux premières épouses. J'ai rencontré aussi de par
le monde une veuve qui, peu de temps après la
mort de son fils unique, se félicitait devant moi,
avec une sorte de joie, du bonheur de son enfant
mort à vingt-cinq ans en bon chrétien. Eh bien!
ces deux résignations si sereines émanaient d'organisations lymphatiques au plus haut degré. Pour
concevoir toute la vérité de ma théorie, qu'on rapproche ces exemples si longanimes de celui de femmes si nerveuses, ou même d'hommes au tempérament si surexcitable, dont l'âme frissonne en quelque
sorte sous la vibration la plus légère, et devant qui
il est sévèrement défendu de prononcer jusqu'au
nom d'un objet chéri..... perdu quelquefois depuis
vingt ans. Heureusement, par les motifs de haute
prévision divine que j'ai énoncés plus haut, la nature
de ces dernières constitutions entraîne, encore

une fois, beaucoup moins de malheurs de ce genre.

A l'aide de ces considérations, en apparence purement physiologiques, on peut expliquer en partie,
et matériellement en quelque sorte, le sens de cette
grande loi providentielle en vertu de laquelle il est
dit avec raison que Dieu proportionne nos épreuves
à notre courage, et qu'il ne permet pas que nous
soyons tentés (ou affligés) au delà de nos forces.
Qu'on veuille bien ne pas regarder cette interpré-
tation comme sentant trop la chair et le sang. Dieu
n'est-il pas l'Auteur à la fois du corps et de l'âme;
et de leur influence réciproque ne peut-il pas faire
jaillir des effets qui se lient harmoniquement avec
l'ensemble de ses desseins sur l'homme individuel et
sur la société humaine?

Pour moi, je vois l'empreinte de son ineffable
sagesse et de sa bonté infinie jusque dans le caractère
des maux qui nous affligent par la disposition
vicieuse de nos organes comparée à la manière
dont nous en supportons les tristes inconvénients.
Il existe évidemment une relation mystérieuse et

bienfaisante même entre les infirmités ou les diffor-
mités humaines et l'impression morale qu'elles
produisent sur celui qui en est affecté. Tout le
monde tend à s'appitoyer sur l'infortune apparente
d'un être cacochyme et rachitique dont le seul
aspect afflige le regard, oui, tout le monde, excepté
l'infirme ou le disgracié lui-même ; et ceci doit
s'entendre littéralement même des plus cruellement
contrefaits. S'il est une disposition d'esprit contre
laquelle ils aient à se défendre, c'est moins celle de
l'humiliation que le sentiment contraire. Quoi de
plus visiblement satisfait, de plus ostensiblement
heureux et fier de lui-même qu'un b.... Pour s'en
convaincre on n'a nullement besoin de remonter,
comme je l'ai fait sommairement dans le texte du
Poème, jusqu'au jovial et bienheureux Scarron, qui,
du reste, est le parfait type du genre. Quoi de plus
étrangement providentiel, en effet, que le spectacle
perpétuel de cette bouillante et inextinguible gaîté
à côté de la magnifique morosité de l'éblouissante
Maintenon ? Son heureux et malheureux époux se

consolait si gaillardement de ressembler si bien,
nous dit-il, à un Z majuscule! Cette incroyable
hilarité le suivit jusque dans les bras de la mort.
Tout le monde sait le spirituel et impossible sang-
froid avec lequel cet homme charmant par excellence
disait à ceux qui entouraient éplorés sa joyeuse
agonie : « Bah! pourquoi vous désoler?... Vous avez
« beau faire, vous ne pleurerez jamais autant que je
« vous ai fait rire. »

A la suite d'une si aimable et presque idéale per-
sonnification de cette sorte d'infortune corporelle,
et même en nous fondant en partie sur elle, nous
pourrions dire que l'homme disgracié au physique
est vengé de son infériorité matérielle par tous les
dons de l'esprit, et parfois même du génie. Pour
le démontrer on n'éprouverait que l'embarras des
citations depuis Ésope jusqu'à Pope et au prince
Eugène de Savoie.

Qui n'a eu l'occasion d'être émerveillé de l'ingé-
nieuse et semillante gaîté des sourds-muets? On
connaît la calme sérénité des aveugles. Eux aussi

ont leur large part de compensations dans leur
misère : ils ont l'honneur de compter parmi leurs
ancêtres les deux plus grands Épiques qui aient
jamais été..... Homère et Milton.

Tout le monde sait que le premier poète du siècle,
lord Byron, était pied-bot.

La Providence, dont la secrète intervention rend
si doux et si léger le joug des infirmités humaines
pour ceux qui le portent, a voulu nous faire recueillir
aussi d'heureux fruits du triste spectacle qu'elles
offrent à nos regards. Ces défectuosités plus ou
moins fâcheuses nous disent bien haut avec quelle
satisfaction modeste nous devons jouir des facultés
contraires. Elles doivent moins nous choquer que
nous instruire, et élever vers le Ciel notre reconnaissance, fondée sur la perfection si gratuite des
dons qui nous sont généreusement départis. Pour
vous pénétrer de ce sentiment jusqu'au fond de
l'âme, voyez seulement un homme appuyant sa
marche mal assurée sur une jambe de bois!...

De tout ce que je viens de dire on aurait tort de

conclure que je m'inscris en faux contre l'existence
réelle du malheur. Je sais, ou mieux je sens trop
bien qu'il existe pour le nier. Quelle âme sincère
pourrait jamais, à l'exemple des stoïciens, être
tentée de vouloir effacer les larmes des pages de
l'humanité? En marchant sur la couche épaisse des
épines de la vie, qui pourrait oser se couronner de
roses? Qui s'aviserait de chanter un hymne de joie
à la Douleur et à la Mort? Autant et peut-être plus
que tout autre, je pleure avec Virgile, en répétant
après lui ce gémissement sympathique : « *Et mentem
mortalia tangunt.* » Mais, je le redirai, ces grands
phénomènes : voir souffrir et souffrir soi-même,
voir mourir et mourir à son tour, apparaissent sous
un jour beaucoup moins désolant lorsqu'on les considère avec les yeux de l'expérience, et surtout
quand on les regarde au point de vue du Ciel, et
pour ainsi dire à travers Dieu. Sa puissance nous
donne une force cachée et surnaturelle pour supporter les peines les plus cuisantes. Que de fois il
m'est arrivé de m'affliger plus vivement de certains

malheurs que ceux-là même qui en étaient l'objet,
et qu'à ma grande et joyeuse surprise j'ai trouvés
pleins de calme et de sérénité.

D'ailleurs, de combien de maux plus ou moins
fictifs ou réels sort un bien manifeste! Il n'est,
j'ose le dire, presque aucun malheur d'où ne naisse
quelque sorte d'avantage. Sans aller se perdre dans le
vaste champ de l'histoire pour trouver de cette vérité
des preuves qui y abondent, que chacun examine
son passé, qu'il jette un coup d'œil rétrospectif
sur les principales vicissitudes qui ont accidenté sa
vie, et je ne doute pas qu'il ne partage bientôt à
cet égard ma conviction personnelle. En ce qui me
concerne, je déclare avoir fait l'épreuve sensible de
ce que j'avance. Les plus grands maux de ma jeunesse, après la mort de mes proches et de mes
amis, que je mets au-dessus de toutes les douleurs,
ont été les meilleures sources de mon avenir. Non,
non, rien de plus sage et de plus vrai que cette
maxime : « A quelque chose malheur est bon. »

Terminons par une observation qui, à ce sujet,

n'est ni la moins importante ni la moins fondée, bien qu'elle ait une assez faible portée apparente.

Tout en jetant perpétuellement les hauts cris contre les maux plus ou moins vrais ou faux de l'existence humaine, nous poussons l'inconséquence jusqu'à les grossir et à les multiplier outre mesure, en les envisageant à travers le prisme de notre imagination, tout comme s'ils n'étaient, au contraire, ni assez graves ni assez nombreux au gré de nos désirs. Rien de plus étrange qu'un sentiment et une conduite aussi contradictoires. Nous avons l'air d'être pour ainsi dire si avides de peines et de tribulations, qu'il semble que, si le malheur n'existait pas, il nous faudrait l'inventer. Au surplus, nous le voyons partout et en toute chose ; il nous apparaît jusque dans les moindres contrariétés, qui souvent même reposent sur de véritables avantages. Ainsi, que de plaintes, au moins fort déplacées, sur l'intempérie des saisons, par exemple, ou sur les inconvénients de la société ! Et pourtant, l'effet réel et définitif de ces légers contre-temps, ou de ces désordres passagers, est d'assainir l'atmosphère physique et morale que nous sommes appelés à respirer sans cesse. Ne saurions-nous donc, encore en ceci, nous conformer à la sagesse de nos pères, qui nous recommande héréditairement en termes si véridiquement familiers, « de prendre le temps comme il vient, et les gens tels qu'ils sont? »

## DE LA PAUVRETÉ

✚

Malheur au pauvre, dit le monde; heureux le pauvre, dit la philosophie avec la religion, qui est la philosophie sublime. C'est sans doute ce dernier oracle qu'il nous faut croire.

Dès longtemps on a tout dit sur les avantages de la pauvreté. Les remarques de détail qui vont suivre serviront de pâle appendice à ce que nous lisons dans les livres saints, et dans ceux des sages qui s'en rapprochent le plus.

La morale de la Bible et celle de l'Évangile sont la béatification perpétuelle du pauvre. David surtout le chante comme l'ami de Dieu, comme l'objet de toutes ses complaisances suprêmes. D'après le poète prophète et roi, l'Éternel n'a pas mis le pauvre en oubli ; il l'a toujours présent à ses yeux ; il entend le cri de ses tribulations, et ses oreilles sont toujours ouvertes à la voix de sa prière. « Le Seigneur, « s'écrie-t-il dans son enthousiasme, tire le pauvre « de la poussière ; il le relève du fumier où il était « gisant pour le placer sous le dais à côté des « princes de son peuple : *Suscitans à terrâ inopem,* « *et de stercoré erigens pauperem, ut collocet eum* « *cum principibus, cum principibus populi sui.* »

(Ps. CXII., 7, 8.)

Ainsi pensait, ainsi chantait un des plus divins organes de l'ancienne loi. On sait assez que la loi nouvelle renchérit encore sur les prérogatives de la pauvreté, qu'elle couronne et glorifie sans cesse en lui montrant le Ciel ouvert sur sa tête.

La crèche de Bethléem est l'apothéose du pauvre.

A ces saintes louanges de la pauvreté font écho les éloges unanimes des philosophes.

Démocrite disait : « Les pauvres sont heureux, puisqu'ils sont à l'abri des plus grands maux. Ils n'ont à craindre ni les fureurs de la haine ni les poisons de l'envie, qui ne cessent de s'attaquer aux riches. » Il eût pu ajouter qu'ils sont aussi à l'abri du fléau de l'adulation. La pauvreté, en effet, ne connut jamais de courtisans.

Une chose me frappe dans l'histoire des philosophes proprement dits, et même des autres grands hommes, c'est que, à très-peu d'exceptions près, ces natures éminentes n'ont guère songé à s'enrichir. Combien en cite-t-on, au contraire, qui se sont glorieusement plu dans la médiocrité. Pythagore quitta de bonne heure Samos, sa patrie, et tous ses intérêts matériels, pour aller s'instruire en Égypte, dans la Chaldée et dans l'Asie mineure.

A ses parents, qui lui reprochaient d'avoir laissé dépérir son patrimoine, Anaxagoras répondit : « J'ai employé à former mon esprit le temps que j'aurais mis à cultiver mes terres. »

Aristote épousa la sœur du prince Hermias, son ami, parce qu'après la disgrace et la mort de son frère elle était restée sans biens. Je n'ai lu nulle

part qu'aucun des sept sages de la Grèce ait possédé
des trésors. On sait assez le mépris que professaient
pour les richesses les Phocion, les Epaminondas,
les Aristide, les Socrate et les Caton. Plus près de
nous, que firent pour arriver à la fortune les Des-
cartes, les Newton, les Mallebranche, les Leibnitz,
les Jean-Jacques Rousseau, les Vauvenargues, les
Royer-Collard?

Quel dédain pour les richesses déployèrent, dans
tous les temps, les nombreux et modestes héros du
christianisme!

Il semble que la soif de l'or ne saurait trouver
place dans une grande âme. Voyez Alexandre : quel
est le rare et précieux trésor qu'il sauva de Thèbes
saccagée et en flammes?... Les œuvres d'Homère.

« Je n'ai jamais eu le sentiment de la possession,
« disait le glorieux captif de Sainte-Hélène; rien
« n'a pu l'éveiller en moi, non, rien, pas même la
« somme de quatre cents millions que j'avais une
« fois réunis dans mes caves, au palais des Tuile-
« ries. »

Et pourtant, selon le vulgaire, la richesse est le souverain bien, et la pauvreté le souverain mal. Quoi de plus absurde?

Mal à propos on affecterait de confondre la pauvreté avec l'indigence. Celle-ci, tout le monde en convient, doit être rangée parmi les plus dures épreuves. Mais aussi, rien de plus rare qu'un complet dénûment, que la privation absolue des choses les plus nécessaires à l'existence. La nature est trop équitable pour nous refuser les moyens de satisfaire aux plus pressantes nécessités de la vie; elle n'est pas une marâtre; et quand elle donne la pâture à l'oiseau qui vient de naître, qu'elle veille sur l'existence du ver et de la fourmi, pourrait-elle jamais permettre que l'homme mourût de faim? Le débat doit donc être circonscrit non pas entre la misère absolue, qui n'est pas en cause, et la richesse elle-même, mais entre celle-ci et la pauvreté proprement dite. Or, j'appelle pauvreté la jouissance du nécessaire ordinairement obtenu par le travail. Et depuis quand le superflu se serait-il donc converti en

indispensable nécessité? Fut-il jamais plus monstrueuse contradiction dans les termes?... Non, non,
pour vivre heureux l'homme n'a pas besoin de
s'enivrer d'or et de luxe. Disons-le bien haut à
notre siècle épris de ce double amour porté à sa
plus haute puissance, si, aux yeux de l'opinion,
les besoins sont sans limites, ils sont très-bornés
aux yeux de la raison et de la nature. La privation
du superflu est beaucoup plus à souhaiter qu'à
craindre. Pourquoi, d'ailleurs, désirer si ardemment
une possession si fragile et si éphémère? La fortune,
a-t-on dit à juste titre, est comme le mobilier d'une
hôtellerie dont on n'use qu'en passant. Oui, tels
sont les biens terrestres. Singuliers avantages qu'on
n'apporte ni qu'on n'emporte avec soi, qui ne sont
qu'une source d'inquiet esclavage, et qui nourrissent
perpétuellement en nous les sombres soupçons, les
craintives alarmes et les insatiables désirs.

Considéré en masse, le genre humain est pauvre.
Sans doute Dieu l'a ainsi établi pour rendre plus
général le mérite de la patience et de la confiance

en sa bonté secourable, et pour universaliser le
travail, qui est la vie de l'humanité. Très-certainement
il ne l'eût pas permis de la sorte si la fortune était
aussi avantageuse, et la pauvreté aussi funeste que
le dit le préjugé. Aucune condition de la société
n'a été déshéritée de la Providence. On peut dire
néanmoins sans paradoxe que s'il en est quelqu'une
de moins favorisée, c'est la classe riche! Oui,
généralement le pauvre est plus heureux que le
riche, le berger plus heureux que le monarque. Aux
rangs inférieurs de la société sont plutôt dévolus
les vrais biens. Là se trouvent de préférence la
santé, la force, la beauté des formes, et le bien-être
intime qui naît du sentiment vigoureux de l'existence. Le pauvre a la jouissance pleine et entière
de la nature. Il est perpétuellement baigné d'air et
de soleil; il vit libre en face des mille servitudes qui
enlacent comme d'un inextricable réseau l'existence
des *grands*, malheur réel et de tous les jours,
qui gagne singulièrement du terrain depuis que,
au-dessus du simple paysan ou de l'ouvrier, per-

sonne parmi nous ne veut plus être rangé dans la
classe des *petits*, et que le luxe ne connaît plus de
frein.

Que ne savons-nous envisager les choses sous
leur vrai point de vue ! Quelle estime dès lors nous
ferions de la pauvreté ! Elle fortifie le corps, élève
le courage, et inculque non la spéculation, mais la
pratique de la véritable philosophie. Voyez le tra-
vailleur, c'est-à-dire le pauvre, s'endurcir contre la
faim et la soif, braver l'intempérie des saisons, la
fureur de tous les éléments, et porter avec sérénité
le poids des plus pénibles labeurs. Qu'ils sont petits
à côté de lui ces sophistes à grandes maximes qui
dogmatisent si bien sur la constance du caractère,
et qui tombent au moindre souffle du piédestal de
leur orgueil dans les tristes réalités de leur faiblesse
physique et morale. Nul ne personnifie mieux le
vrai sage que l'honnête ouvrier de nos rues ou de
nos champs. Que d'Épictètes, que d'Antisthènes,
que de Diogènes même (moins le cynisme éhonté)
pullulent dans les rangs de notre société active et

militante. Qui n'admirerait le soldat en campagne?
Est-il une philosophie qui approche de la sienne?
Eh bien! l'homme du peuple, le pauvre, en un
mot, est lui aussi, et sans cesse, sur un champ de
bataille. Le travail, voilà sa seule arme pour l'attaque
comme pour la défense. C'est à la sueur de son
front qu'il a le pain de chaque jour à conquérir.
Et pourtant, encore une fois, comme le cœur bat
plus fortement dans sa poitrine que dans celle du
riche oisif et énervé; comme il supporte avec plus
de calme et la peine et la maladie et la mort même,
soit pour lui, soit pour les siens. Quelle vigueur,
quelle gaîté constante, quelle insouciante ignorance
de l'ennui, cette plaie de la mollesse opulente.
Comme son sommeil est plus profond, comme ses
rêves sont plus doux, plus savoureux les mets de sa
table grossière! Dans une supériorité si inattendue
de bonheur humain comment ne pas voir le doigt
d'un Dieu père généreux de tous les hommes?

Le riche qui sait être pauvre d'esprit peut atteindre
à la félicité du pauvre de fait; mais pour cela il a,

de plus que celui-ci, un immense et continuel effort
à s'imposer. Il est d'ailleurs beaucoup moins défendu
contre les grandes passions, qu'il a mille moyens
de satisfaire. Heureusement placée dans des conditions négatives pour le luxe et pour la mollesse,
vivant d'abnégation et de courage, la pauvreté fut
toujours féconde en grandes vertus et en belles
actions. — Rarement l'héroïsme est millionnaire.

Ce que nous venons de dire à l'égard des individus
peut aussi s'entendre des masses humaines. Les
peuples aussi se laissent corrompre et énerver par
la richesse. Les nations riches ont de tout temps
été subjuguées par les nations pauvres. L'histoire
nous en offre la preuve éclatante depuis les Perses
de Cyrus, vainqueurs de la luxueuse Babylone,
jusqu'aux Barbares du Nord envahissant de siècle
en siècle les plus riches contrées du midi et de
l'occident de l'Europe et de l'Asie, énervées par la
mollesse.

Pour les peuples divers, les commencements sont
ordinairement une ère de pauvreté, et par consé-

quent de vertu et de grandeur. En vous bornant aux États de l'antiquité, et seulement à ceux de la Grèce et de Rome, si vous parcourez leurs annales presque à leur origine, que voyez-vous? N'est-ce pas alors qu'ils ont été le plus fertiles en traits éclatants et en hommes illustres? Ne brillaient-ils pas surtout à leur naissance, et dans un temps de simplicité primitive où ils comptaient à peine dans le monde, semblables aux fleuves dont les eaux ne sont jamais plus pures et plus limpides qu'en s'échappant de leur source? Rome encore au berceau avait produit les Horaces, Lucrèce et Cincinnatus; Athènes, jeune encore, avait eu pour fils Codrus, Miltiade et les héros de Marathon; Sparte s'affermissait à peine quand elle envoya son Léonidas aux Thermopyles.

Voilà la vérité au point de vue de la raison pure et de l'histoire..... ancienne. Je sais que de nouvelles conditions de bien-être et de progrès semblent présider à l'existence des sociétés modernes, et que parmi ces conditions figure peut-être en première ligne la puissance du *capital*. Je sais, puisqu'il faut parler la langue contemporaine, que les plus forts budgets sont pour les nations actuelles la mesure régulatrice de leur prospérité intérieure comme de leur autorité dans le monde. A elles toutefois de veiller à ne pas se laisser énerver par la richesse et corrompre par le luxe, qui fut de tout temps la perte des individus comme la ruine des empires.

## DE LA VIEILLESSE

❋

Que reste-t-il à dire sur la vieillesse? C'est un champ fertile en observations philosophiques, mais où on les a recueillies en si grand nombre qu'on ne saurait plus guère qu'y glaner après la moisson.

Tout homme qui a dépassé l'âge mûr peut, en général, se promettre de vieillir. Les organisations défectueuses en quelque point essentiel succombent avant ce terme, que nous désirons tous atteindre. On peut même espérer une vieillesse douce et exempte d'infirmités par trop accablantes, si l'on s'y prépare par une vie régulière et sobre. Oui, n'en doutons pas, la longévité elle-même est une prime providentiellement offerte à la modération des désirs

et à la sagesse de la conduite. Ces causes, d'après
Buffon, n'exerceraient à cet égard que peu ou point
d'influence; mais, avec tous les hygiénistes expéri-
mentés, je me vois obligé de contredire l'opinion
de ce grand homme. Non, non, les habitudes
frugales, le calme des passions, les satisfactions
intimes de la conscience, en un mot les règles
de la tempérance appliquées à toute l'existence
humaine ne sont pas impuissantes à en prolonger
la durée. En affirmant que la longévité se réalise en
dépit de tous les écarts de conduite pour l'homme
qui y est véritablement appelé par la nature, vous
tombez, illustre et magnifique rival de Pline, dans
une de ces assertions erronées trop fréquentes sous
la plume de votre ancien et universel précurseur.
Non, non, on n'atteint pas le terme des jours primi-
tivement fixé en commettant toutes les fautes qui
tendent à en abréger le cours. Il est, j'en conviens,
quelques tempéraments privilégiés qui, malgré ces
conditions négatives, parviennent à la vieillesse, et
même assez avant dans cette période extrême de la

vie qu'ils auraient peut-être parcourue plus longue-
ment encore en observant une conduite plus modérée.
Mais pour un exemple de ce genre, combien de faits
contraires! Combien de constitutions fortes et destinées à une plus longue vie, que le vice mine préma-
turément, et qu'il détruit dans leur âge mûr, ou
même dans la fleur de leur jeunesse! Les survivants,
quelque rares qu'ils puissent être, sont là, et frappent les yeux par leur présence... les victimes sans
nombre ont disparu, et le tombeau ne rend pas sa
proie. Craignons les tristes effets de la règle générale,
et ne nous laissons pas éblouir par l'exception. Les
excès ne tuent pas toujours, ni tout le monde, j'en
conviens; on peut même s'y habituer jusqu'à un
certain point. On cite Mithridate comme étant parvenu à s'habituer au poison... et pourtant qui de
nous voudrait tenter de chercher à se blaser sur les
effets de l'arsenic ou de la ciguë?

Si l'intempérance fait précocement périr d'ordinaire les natures les plus robustes, combien
d'hommes, au contraire, nés faibles ou très-délicats

de tempérament, ont poussé leur carrière jusqu'à un terme extrêmement avancé, grâce à la puissance vivifiante d'un régime sobre et sagement ordonné. Qui ne connaît l'histoire du célèbre Cornaro? Eh bien! sans recourir à la sévérité pour ainsi dire pythagorique du noble Vénitien, chacun pourrait, en imitant du moins l'ensemble de ses habitudes de sobriété, parvenir à l'imiter aussi jusqu'à un certain point dans la jouissance d'une longue et joyeuse vieillesse. C'est avec la plus grande vérité qu'un savant, notre contemporain, ayant comme nous une foi religieuse dans l'hygiène, a émis cette proposition, ou mieux cette maxime : « En général, l'homme ne meurt pas, il se tue (1). »

La vieillesse n'est pas un malheur; c'est une conséquence toute naturelle de la jeunesse et de l'âge viril; c'est le fruit parvenu à toute sa maturité. Celui qui arrive à cette période de l'existence ne se sent pas trop à plaindre, puisque, en général, non-

(1) Flourens, De la Longévité.

seulement il n'en fait pas mystère, mais qu'il s'en vante. Il est vrai que c'est aussi là une supériorité, et l'orgueil humain y trouve encore son compte. Mais il y a plus. Voyez le vieillard à côté du jeune homme : c'est le premier qui est le plus serein et même le plus véritablement gai ; plus ou moins bruyamment heureux en apparence, le jeune homme est presque toujours troublé et soucieux au fond de son âme. C'est surtout de nos jours que cette observation semble fondée.

Quelques vieillesses, je l'avoue, paraissent se traîner plus languissantes au physique ainsi qu'au moral ; j'ai même remarqué qu'il en est sur lesquelles semblent s'amasser d'épais nuages de tristesse, et peser de douloureuses épreuves de tout genre. Mais qu'on y regarde de près, et l'on se convaincra, comme je l'ai fait moi-même, que cet état est le plus souvent un moyen d'expiation ayant sa raison d'être dans le passé de celui qui l'éprouve. Oui, si la justice d'en Haut se fait fréquemment sentir vers la fin de la vie de l'homme, si Dieu le châtie alors, c'est avant de le rappeler à lui, et pour le recevoir dans ses bras saintement purifié par la pénitence. Là encore qui ne verrait un bienfait providentiel ?

Continuons à raisonner au point de vue des cas ordinaires.

La vieillesse perfectionne l'âme de l'homme, et le rend de plus en plus digne de Dieu dont elle le rapproche de jour en jour. A mesure que s'effacent et s'éteignent les plaisirs sensuels, les jouissances morales se ravivent et s'étendent. A cet âge on goûte mieux le bonheur de l'amitié mûrement choisie et longtemps éprouvée ; on jouit de l'incomparable douceur d'avoir à aimer, à conseiller et à bénir incessamment plusieurs générations dont on est le père vénéré. A cet âge est donné l'inappréciable avantage de juger sainement des hommes et des choses, de tout voir à la lumière de la raison, et de savourer, dans le calme des sens et le silence des passions, le charme inexprimable de la vérité et les incomparables délices de la vertu. Alors on

sent tout le prix de la vie. On ne la gaspille plus
comme aux jours de la jeunesse ou même de l'âge
mûr. On se recueille au contraire pour en jouir
avec un soin réfléchi, et, pour ainsi dire, dans toute
son étendue. Le bonheur ne perd rien à l'aspect,
alors plus rapproché, de la fin de l'existence. Il en
est, au contraire, rehaussé de valeur par le contraste.
A ce sujet, le vieillard se trouve naturellement dans
le cas des épicuriens de l'antiquité, qui, par un sentiment de sensualisme raffiné, plaçaient toujours l'image
de la mort à côté des joies et des festins. La vie du
vieillard est elle-même un banquet perpétuel d'où
sont bannis et le tumulte des passions de la jeunesse
et le souci de celles de l'âge mûr. Quand sonne
l'heure des jours avancés, toutes les luttes sont finies;
la fortune et la considération sont obtenues, l'envie
est désarmée, et parfois la gloire conquise et même
incontestée; tous les combats de la vie, en un mot,
sont livrés, et avec succès si l'on s'est retiré pur
du champ de bataille, et si l'on n'a pas laissé sa
vertu dans la mêlée. Heureuse époque de la vie que

celle où l'âme, insoucieuse des choses qui passent,
n'a plus d'aspiration que pour l'Infini ! Il est digne
de remarque, en effet, que plus l'on vieillit plus
l'on devient religieux : grande et solennelle preuve,
à mes yeux, en faveur d'une existence future.
Ainsi parvenu sur les hauteurs de la vie, l'homme
se trouve placé au-dessus de la région des vapeurs
et des orages; il voit sous ses pieds les éclairs sil-
lonner la nue; il entend les éclats de la foudre des
passions tonner au-dessous de lui sur le monde
éperdu, tandis qu'il s'abreuve en paix de la sérénité
des cieux. Si le temps alors paraît court aux yeux
de l'homme, devant lui s'ouvrent les perspectives
éternelles. A mesure que la terre semble devoir lui
manquer, le ciel se montre plus clairement à ses
regards, et pendant que la vie s'éloigne l'immortalité
s'approche !

## DE LA MORT

✦

Terminons la série de ces considérations morales par où tout finit..... c'est-à-dire par la mort.

Et moi aussi je hasarderai, après tant d'autres, mon avis sur un tel sujet. Et pourtant quelle témérité d'oser en parler à la suite de l'élite des penseurs! Comment, d'ailleurs, se permettre de se faire l'organe de la Mort? Qu'a-t-elle besoin d'interprète? Que pourrait-on dire d'elle qu'elle ne le dise plus éloquemment encore? Mais c'est un point trop grave, il est trop intimement lié aux réflexions précédemment énoncées dans ces *Harmonies*, la mort est elle-même une trop sublime et trop indispensable harmonie providentielle, pour que je puisse omettre

de placer sa solennelle image dans le cadre à la fois
sombre et consolateur de mes peintures morales.
Que cette grande figure en soit donc comme l'auréole
et le couronnement!

Ainsi, sans plus hésiter, abordons la mort.....
approchons-nous de l'abîme sans trop de vertige :
l'aspect de ce gouffre épouvante moins les regards
quand ils plongent jusqu'au fond.

J'ai tâché de condenser dans le corps du Poëme
les idées que je crois les plus propres à être invo-
quées pour justifier la fin de l'homme; celles qui
vont suivre n'en seront que le développement.

Pourquoi donc envisager la mort avec tant d'horreur? Soit pour nous, soit pour les nôtres, elle
n'est un si grand mal qu'aux yeux de notre imagination. Le sage de l'Écriture nous recommande de
*ne pas pleurer les morts au delà de quelques jours,*
*attendu,* nous dit-il, *qu'ils sont entrés dans leur*
*repos.* Le philosophe sacré va plus loin; il déclare
*que les âmes des justes sont dans la main de Dieu,*
*et que le tourment de la mort ne les atteint point.*

49

Il va plus loin encore, en ajoutant que, *aux yeux
des insensés ils paraissent mourir, qu'on a pu s'affliger sur leur sort, mais que leur espérance est pleine
de vie et d'immortalité. (Livre de la Sagesse.)* Pourquoi donc, encore une fois, nous désoler sur la
perte de ceux qui nous sont chers? Sur quoi se
fondent nos regrets si profonds? sur leur intérêt
ou sur le nôtre? Sur le leur, me répondra-t-on.
Mensonge! Ne nous arrêtons pas à de fausses appa-
rences, pénétrons au fond des choses, et nous
verrons que ce n'est en réalité que notre malheur
personnel que nous déplorons dans le prétendu
malheur d'autrui. En plaignant trop amèrement la
destinée de ceux de nos amis qui ne sont plus, ne
craignons-nous pas de nous montrer en quelque
sorte jaloux de leur bonheur et de les voir arrivés
au port après la tempête? Le propre de la mort,
c'est de terminer nos misères. S'il eût fait la vie
plus heureuse, Dieu l'eût faite aussi plus longue.
Nous nous disons sans cesse accablés des maux de
l'existence, et nous gémissons sur sa fin plus ou

moins prochaine. N'est-ce pas reprocher à la fois au Ciel et la vie et la mort? Quelle monstrueuse contradiction!

Que de motifs devraient nous faire envisager la mort sans terreur, pourvu que la voix de notre conscience nous rassure sur ses suites auprès du Souverain Juge. Considérons que dans tous les temps elle a été regardée non comme un état violent, mais comme une situation calme, comme un repos et une sorte d'heureux sommeil. *Ici repose, etc.*, telle est la formule habituelle des inscriptions tumulaires adoptées par tous les peuples civilisés. Toujours aussi, et chez toutes les nations, on a si peu regardé la fin de l'homme comme un mal, qu'on a mis au rang des vertus du sage le mépris de la mort. On a même attaché une sorte d'ignominie à la craindre, et l'on est convenu de flétrir du nom de lâche celui qui ne sait l'affronter. La peur soutenue et toute particulière qu'elle inspire à quelques-uns a été rangée par la médecine de tous les âges parmi les maladies de l'esprit. C'est là de l'*hypocondrie*

au premier chef. Il semble que la condition normale
de la pensée humaine exclue l'idée tant soit peu
permanente de la mort. Nous voyons même les
hommes s'en distraire à l'envi, en motiver l'événement comme une sorte d'accident ou d'anomalie
dans autrui, et s'en montrer si peu frappés qu'ils
ont besoin d'y être ramenés de temps en temps par
la voix des prédicateurs et par les leçons des moralistes. Et pourtant, quelque bénignement qu'on
l'envisage, la mort est chose telle qu'elle vaut la
peine qu'on y songe. Je regarde, moi, ce contraste
d'une si oublieuse indifférence et d'une si grave
affaire, que tout d'ailleurs tend à nous rappeler, je
le regarde, dis-je, comme le résultat, exagéré sans
doute, mais réel et palpable, d'un miracle continuel
émané de l'action providentielle.

Cette influence mystérieuse et surhumaine qui
nous sauve de la crainte de la mort se manifeste
d'une manière non moins éclatante pour nous
épargner les douleurs de la crise quand l'heure en
est venue. Sans prétendre avec Buffon qu'il n'est

pas plus pénible de mourir que de naître, je puis dire que je n'ai observé que fort peu d'agonies violentes, dont le mourant n'avait même pas conscience. Avant la dernière péripétie du drame, un voile secourable s'étend sur les facultés intellectuelles, le sentiment de la personnalité s'efface ; tout finit d'ordinaire par un doux et vague délire, et la vie paraît s'éteindre dans un rêve.

Tout se lie harmoniquement dans le système des lois divines appliquées à l'homme. Les âmes qui conservent jusqu'à la fin le sentiment du moi donnent des preuves merveilleuses de courageuse sérénité jusque dans les bras de la mort. Ce sont ses victimes elles-mêmes qui jouent le rôle de consolateurs devant les témoins navrés d'une scène, quoi qu'il en soit toujours sérieuse, triste même et solennellement redoutable. C'est alors qu'on voit un Louis XIV encourager ceux qui entourent son royal chevet de mort, et leur dire si noblement : « Est-ce donc que vous m'aviez cru immortel ? » Racine lui-même, l'impressionnable Racine, meurt serein quand

il se sentait encore tant de vigueur et de génie à con-
sacrer à la gloire de la France, ainsi qu'aux intérêts
de ses sept enfants et de leur mère. Pendant ma
jeunesse, je me trouvais un jour dans l'église de
Saint-Étienne-du-Mont, à Paris, lorsque, sur une
plaque de marbre incrustée dans le mur de l'arrière-
chœur, où reposaient alors les restes mortels de
l'immortel tragique, je fus frappé de lire ces mots :
« *Hic jacet Joannes Racine...* » puis la suite de
l'inscription tumulaire, où je remarquai cette observation consolante : « *Mortem quam procul horruerat
propè despexit.* » Or, c'est Boileau lui-même, auteur
de l'épitaphe, qui déclarait de la sorte que cette
mort, que son illustre et si sensible ami avait tant
redoutée de loin, sa grande âme l'avait vue de près
avec dédain. Cette grave particularité n'est jamais
sortie de ma mémoire.

En face de tels exemples, cessons donc de redouter
jusqu'à nos craintes futures du dernier moment.
Gardons-nous de nous créer des alarmes et des
terreurs qui ne doivent jamais exister pour nous.

Quand la mort nous frappe, nous n'en avons pas la conscience. Pourquoi nous imaginer en quelque sorte que nous entendrons le glas funèbre de la cloche sonnant pour nous l'agonie et le trépas, et jusqu'au bruit sinistre et sourd de la bêche creusant notre tombe, dans laquelle nous nous sentirons descendre à la vue de nos parents et de nos amis plongés dans une désespérante affliction? Bannissons une illusion triste et fatale, qui nous navre à tort, et dont la Providence a su paternellement nous épargner la réalité.

Il est une fascination d'une tout autre nature, et qui nous empêche aussi, ce me semble, de nous familiariser utilement avec l'idée de notre fin. Pendant notre jeunesse surtout et même une bonne partie de l'âge mûr, nous nous arrêtons fort peu à la pensée de la mort; nous y croyons, en quelque sorte, à peine pour notre compte personnel. Elle nous étonne même jusqu'à un certain point dans les autres. Nous nous abusons de telle manière à son égard que nous serions comme tentés de la prendre pour une sorte d'exception au sein de l'humanité. Ce n'est qu'après d'assez longues années d'existence, de réflexions et surtout d'expérience de la mort dans autrui, que nous l'envisageons sous son vrai jour, c'est-à-dire comme une règle aussi générale qu'inflexible.

Un moyen trop négligé, ce me semble, et très-consolant néanmoins pour les âmes tendres et aimantes, c'est l'idée que la mort nous rend un grand nombre d'êtres qui furent les objets de nos plus vives affections, et dont le simple souvenir est ici-bas pour ainsi dire une partie essentielle de notre existence morale. Qu'on fasse le compte des vivants et des morts chéris, et, pour peu qu'on ait vécu, on sera tristement surpris de la proportion de parents et d'amis qui nous ont précédés dans le séjour de l'Éternité. Quelle joie de les retrouver après une si cruelle et parfois si longue séparation ! Eux-mêmes pourraient-ils nous revoir avec indifférence ? Ah ! nos yeux les ont trop pleurés, nos cœurs les pleurent trop encore pour qu'à leur tour ils ne pensent pas incessamment à nous. Quant à moi, je vais plus loin, je crois non-seulement à la continuation et même au resserrement des liens intimes qui les unirent à nous, mais encore à leur influence sur notre destinée temporelle. Je crois à leur invisible mais constante et efficace protection. Aux yeux d'une observation attentive, les preuves de cette vérité, qu'au premier abord on pourrait taxer d'exagération mystique, abondent dans le sein des familles. A un jeune homme qui m'annonçait un heureux événement domestique qu'il attribuait à l'intervention de sa mère auprès de Dieu je répondais ainsi naguère : « Vous êtes dans le vrai, mon cher ami, quand vous croyez voir dans ce qui arrive de bien à vos frères le doigt protecteur de votre mère absente, mais toujours vivante, et priant l'Éternel pour sa chère famille d'ici-bas. Oh! oui, telle est, vous le savez, la philosophie de mon cœur, telle est l'inspiration de ma raison éclairée par l'expérience, et que la religion est

loin de contredire. Je crois non-seulement à l'existence céleste de ceux que nous avons perdus et
qui nous aimèrent (dans la vertu), mais encore
j'ai foi pleine et entière à leur incessante protection
sur nous. Gardez soigneusement ces idées que j'ai
eu la satisfaction de vous inculquer. Vous en verrez
plus d'une fois l'application mystérieuse, et elles
vous consoleront dans les vicissitudes de la vie. »
Pourquoi ne pas nourrir, en effet, une si douce
persuasion? Sur quoi se fonderait la conviction
contraire? Ma manière de sentir à cet égard n'est-
elle pas en parfaite harmonie avec la sagesse et la
bonté suprêmes? Pourquoi Dieu intervertirait-il
l'économie première de sa providence en nous déro-
bant, en particulier, à la protection d'un père,
d'une mère, de ceux, en un mot, qui, grâce à ses
inspirations, furent pendant leur vie terrestre non-
seulement assez bons pour devenir nos amis, mais
même assez généreux pour être nos bienfaiteurs?
Auraient-ils eux-mêmes cessé de nous aimer?

Pourquoi? Serait-ce parce qu'ils sont parfaitement heureux? Mais, d'après les lois divines régissant le cœur de l'homme, ne manquerait-il pas quelque chose aux besoins primitifs du leur s'il ne lui était donné de nous aimer encore, de nous aimer toujours? Oh! puisque nous les aimons, ils nous aiment aussi. Il n'y a pas d'ingratitude dans le Ciel. Sans doute ils nous y attendent; ils nous y recevront avec empressement, et l'idée de leur joie devrait compenser un peu dans l'âme du mourant la douleur de ceux qu'il va quitter pour les attendre à son tour dans la région sereine où l'on ne meurt plus.

Ce qui rend la mort si redoutable, c'est principalement l'incertitude du jour où elle doit arriver, dit un philosophe allemand, et de la manière dont nous sortirons de ce monde. Or, pour nous rassurer à cet égard rien de plus efficace que la persuasion d'une Providence qui veille sur tous nos instants, et qui même avant la création a fixé avec une sagesse et une bonté infinies pour l'homme pieux et confiant

en elle, le moment et le mode, toutes les circonstances, en un mot, du solennel passage de ce monde à
l'autre. Le Ciel abrége ou prolonge nos jours selon
qu'il le juge pour nous plus utile au double point
de vue de notre existence actuelle et de notre existence future, et cela pourvu que nous ayons fait
un bon usage de la vie ou que nous en ayons réparé
l'abus par le repentir. Imbus de cette consolante
vérité, attendons tranquillement la mort. Puisque
l'heure en est incertaine, il est prudent de se tenir
toujours prêt à la recevoir. Nous ignorons, il est
vrai, quel en sera le genre et l'occasion. Mais,
devenus vertueux et fidèles, il doit nous suffire de
savoir que nous finirons de la manière la plus avantageuse et pour nous et pour les nôtres.

Il ne m'appartient nullement de me faire ici l'interprète de la religion; elle a des ministres qui
pour cela possèdent exclusivement grâce d'état. C'est
déjà peut-être de ma part un excès de témérité
que d'oser parler à mes semblables le langage de la

philosophie. Je ne puis néanmoins m'empêcher de
placer ici une observation qui milite hautement en
faveur du christianisme. De toutes les doctrines
morales ou religieuses la sienne est la seule qui
porte à envisager la mort non-seulement avec calme,
mais même avec joie. Le christianisme lui seul la
considère non comme un malheur, mais comme un
bien incomparable. Il nous la montre comme un
simple passage qui nous conduit du temps à l'éternité, d'un jour nébuleux et court à une aurore
brillante et à un jour sans fin. Lorsque parents et
amis se penchent éplorés sur le chevet d'un agoni-
sant, l'Église seule élève la voix pour encourager
l'âme, ange exilé dans la vie, à quitter une fragile
demeure en ruines, à déployer en quelque sorte ses
ailes pour s'élancer vers la patrie invisible; et quand
la tombe vient de recevoir la mortelle dépouille du
juste, au milieu des pleurs et des sanglots de la
terre elle appelle sur lui les rayons de la lumière
céleste, lui donne pour cortége tous les habitants

des cieux, et le convie au séraphique concert des béatitudes éternelles!

Fragments d'oraisons de l'Eglise pour l'âme du fidèle défunt, et dont le corps va être ou vient d'être confié à la terre.

———

............ Et lux perpetua luceat ei.

———

Subvenite sancti Dei, occurrite angeli Domini, suscipientes animam ejus, offerentes eam in conspectu altissimi.

———

Deus, cui proprium est misereri semper et parcere, te supplices exoramus pro animâ famuli tui, quam hodié de hoc sœculo migrare jussisti, ut... Jubeas eam a sanctis angelis suscipi, et ad patriam paradisi perduci, ut quia in te speravit et credidit,... gaudia sempiterna possideat.

———

Fac, quæsumus, Domine, hanc cum servo tuo defuncto misericordiam, ut factorum suorum in pœnis non recipiat vicem, qui tuam in votis tenuit voluntatem, ut sicut hic vera fides junxit fidelium turmis, ita illic eum tua miseratio societ angelicis choris.

FIN DES HARMONIES PROVIDENTIELLES.

www.ingramcontent.com/pod-product-compliance
Lightning Source LLC
Chambersburg PA
CBHW050307030726
47505CB00003B/603